코로나에 엮인
내 죽음 우리 영혼

코로나에 엮인
내 죽음 우리 영혼

이원우 소설집

코로나에 엮인 내 죽음 우리 영혼

초판 1쇄인쇄 2020년 6월 26일
초판 1쇄발행 2020년 6월 30일
저 자 이원우
발행인 박지연
발행처 도서출판 도화
등 록 2013년 11월 19일 제2013-000124호
주 소 서울시 송파구 중대로34길 9-3
전 화 02) 3012-1030
팩 스 02) 3012-1031
전자우편 dohwa1030@daum.net
인 쇄 (주)현문
ISBN∣979-11-90526-13-5*03810
정가 13,000원

도화道化, fool는
고정적인 질서에 대한 익살맞은 비판자,
고정화된 사고의 틀을 해체한다는 뜻입니다.

차 례

작가의 말

코로나에 엮인 내 죽음 우리 영혼

1

내가 회갑이었을 때였으리라. 내 노인학교의 총무 남편이 향년 75세를 일기로 이승을 떠났다. 그런데 총무는 그저 담담한 표정으로 남편을 떠나보내는 게 아닌가? 화장장에 가서도 눈물을 보이지 않았다. 고인도 내 제자(노인학생)였다.

다음 주 토요일 오후 수업 시작 전, 120여 명의 학생들에게 고인을 위하여 명복을 빌자고 했다. 그들은 여느 때처럼 각양각색의 자세나 몸짓으로 중얼거렸다. 각자의 종교가 다르니까. 불교, 개신교, 천주교, 원불교, 천리교…. 워낙 섬뜩해서(?) 아직도 잊히지 않는 학생들은, 셋이나 되는 무당巫堂이었다. 그들의 그 모습을 어찌 거기서 묘사하랴. 그래, 그만두기로 하자.

18년 세월이 흐른 지금 그들은 거의 다 이승을 떠났으리라.

당장 연락이 되는 딸이나 아들 혹은 며느리도 없다. 내가 노인학교로선 유례를 찾기 힘든 '생활기록부'까지 만들어 활용했으나, 그것마저 없어진 지 오래라 집 전화번호도 알 길 없는 거다. 하기야 덕천1동 경로당에 들른다 치자. 아직도 생존해 있는 노인학생이 있을는지 모르겠다만…. 허무한 소식뿐일 것 같아, 용기를 내지 못하고 있다.

총무 남편이 기세棄世를 했을 때 난 혼잣말을 했다. 나? 뭐 일흔만 넘기면 원도한도 없겠다고. 말이 씨가 되었는지, 그로부터 지금까지 내 삶은 사투死鬪와의 전쟁 그 자체였다. 아니 그 전에 나는 이미 중병重病에 걸려 있었다. 죽었다는 소문 즉 '윈소리'는 내 귓전에까지 마구 파고들었다. 백여 명이 넘는 의사가 속수무책! 결코 거짓말이 아니다.

중언부언하지만, 그 시한(?)까지 아슬아슬한 고비는 수없이 많았다. 그래도 나머지 20년 가까운 세월, 거짓말처럼 목숨을 부지하고 살아왔다. 더구나 그 절반은 천리타관에서다. 기억을 곱씹을수록 요행僥倖이라는 안도감보다, 수수께끼보다 더 수수께끼 같다는 의아심이 앞설밖에.

이제 유해遺骸로 진화(?)하여 귀향해야 할 시기가 가까이 오는 것 같아 마음을 다잡는 중이다. 그래서일까? 때론 짐짓 여유를 부린다. '천릿길도 한걸음부터'라는 속담이 좋다. 더 나아가 보자. '시작이 반'이라고도 했지? 이렇게 별로 죽음이 두렵지 않음을 다짐하기도 한다.

딱 하나. 발목을 잡는 게 있긴 하다. 우리 부부가 낮 시간 아니 밤에도 보살펴야 하는 손자 둘이다. 노파심 아니 과욕으로 말미암은 한갓 허영일지 모르지만, 눈에 넣어도 아프지 않는 녀석들이 좀 더 자란 뒤까지는 하느님이 우릴 부르지 않으셨으면…. 하지만 코로나가 문제다.

하여튼 목적지는 밀양시 삼문동 밀양 성당 천상낙원天上樂園, 봉안당이다. 물론 아직 가계약假契約도 하지 않은 상태다. 하지만 그건 아무래도 좋다. 어느 교우敎友에게 전화 넣는 것으로 해결할 수 있으니까. 물론 이 '코로나 19'가 자취를 감추면, 밀양행 완행열차를 탈 작정이다.

밀양 성당 천상낙원에는 생각만 해도 나로 하여금, 눈물을 쏟게 하시는 아버지와 엄마가 누워 있다. 그리고 같은 방, 마주보는 공간에 내 사돈 내외가 영면에 들었고. 사돈 내외는 부산 교구에서 독실한 천주교인으로 존경을 받았었는데, 짧은 생애를 마감하고 거기 찾아 들어 편히 쉬고 있다. 그에 비하면 엄마와 아버지는 천주교 신자가 아니었지만, 나와 아내가 영세領洗를 했기 때문에 거기서 안식을 누리게 됐고…. 엄마 아버지에게 효도한 건 그게 유일한 것 같다.

그러나저러나 자신이 생각해 봐도 난 희한한 삶을 살아온 것 같다. 팔자가 그런 건지 모르지만, 끈질기게 이런 화두話頭와 어깨를 겯고, 그럴 때마다 쓴웃음을 알게 모르게 날리곤 했으니까. 오늘은 근래 앉으나 서나 뇌리를 떠나지 않는, 앞서 들먹인 바도 있는 죽음이나 무덤(묘지 혹은 유택, 봉안당)에 얽힌 단견短見이며 회억回憶, 소감 등을 털어내 보이고 싶으니 어쩌나. 워낙 외곬이라, 나를 과신한(?) 나머지 행여 거기 섞인 편린片鱗들이 마치 무슨 기록이라도 되는 양 착각할까 싶다. 아무튼 토로해 본다.

2

나는 서울이나 그 근교 어느 도시나 지역사회에 '위 상上'이란 개념을 적용하지 않는다. 따라서 '상경上京'도 글이나 말에 없다. 처음엔 헷갈렸지만 지금도 부산에 갔다가 다시 기차나 버스를 탈 때, 행여 '올라간다'라고 실언失言할까 봐 무척이나 조심할밖에. 따라서 '하부下釜'도 내 사전에는 없다. '하밀下密'은 더더구나 어림없고말고.

서울을 '상上'으로 대접하는 건 언어도단이다. 그건 단지 위도緯度)가 높고 낮을 뿐이지 않는가 말이다. 한데 무의식중에라도 어느 누가 그런 데에 습관화됐다 치자. 그는 나한테 비난을 받아야 한다. '태풍의 북상'이나 '상행열차' 따윈 모르겠다만…. 그것들은 무생물이고, 우린 사람이니까.

그러니 지방의 장삼이사도 거꾸로 서울시민을 폄훼한다. 서울깍쟁이, 서울내기, 다마내기(양파의 일본말), 맛좋은 고래개기. 눈 감으면 코 베어간다는 데! ♬서울이란 요술쟁이 찾아갈 곳 못 되더라♪ '앵두나무 처녀'라는 흘러간 옛 노래가 아직도 노래방에서 인기를 누린다.

근데 그러니까 용인에 온 이후 약간 '위 상上'에 새로운 생각을 가지게 됐다. 예를 들어 밀양 천주교 천상낙원·할머니와 큰아버지 내외·종형 산소·청도 한재 외할아버지 산소를 참배할 땐 '올라가지, 내려가지' 않는다. 동작동 국립현충원이나 용인 천주교 공원묘지(몇 군데다), 유토피아 추모관, 영천 호국원, 4·19묘소 등등도 마찬가지다. 참, 내 소설의 스승인 고 이규정 교수와 구인환 교수도. 거기는 내게 '저 높은 곳'이지 않는가?

큰절을 하면서 거기 누운 주인공의 영혼은 분명 하늘에 있다는 생각을 떨치지 않는 거다. 하늘은 땅보다 높다! 그러나 어쩌다가 실기失期해버린 적군 묘지는 예외다. 거긴 평평할 '平' 한 자를 들고 찾으리라. 임실호국원 및 대전 현충원에는 올라간다!

그리고 보니, 여기 와서 참 많은 유택 혹은 산소, 봉안당 등을 참배했다. 따라서 혼자서 소스라치게 놀라기도 한다. 그 일에 극성을 부린 게 한갓 예사로운 일로 치부할 수 없는 것이다. 이 또한 예외 없이 교만하고 어리석은 고백이지만 말이다.

손가락으로 꼽으면서 들먹이니, 먼저 동작동 국립 현충원이다. 그중에서도 채명신 장군 묘역에서 흘리던 눈물은, 아직도 나의 가슴을 적시고 있다는 착각을 내게 준다. 세상에 별을 세 개 단 장군이 유언했단다. 자기가 죽거든 병사兵士들 곁에 묻어 달라고. 입구에서 가까운데 위치해 있어 찾기도 쉽다. 난 거기에 가서 국화 몇 송이를 놓고 거수경례를 올려붙인 다음 '전선야곡'을 부른다. 수많은 장병들의 묘소가 한눈에 들어온다. 한참이나 올라가면 마침내 장군 묘역이 나온다. 옛 사단장 두 분의 묘역 (묘와 봉안당)에 다다라서야 그날의 일정은 끝난다.

물론 군데군데서 진중가요며, 군가, 가곡 등을 목소리에 담아 뿌린다. 어느 병사의 묘비 앞에서 나는 '비목'을 목메 불렀다. 이어서 '현충일 노래!' 같이 간 동료 기자가 영상으로 담는 가운데, 내가 끝맺음한 말은 이거였다.

"국민 여러분! 저는 50여 년 전에 제대한 예비역 하사입니다. 나라를 위해 목숨을 바친 용사들의 넋을 기린다면 '현충일 노래'는 날마다 불러야 합니다. 현충일 추념식 때만 임들을 찾는 것은 언어도단입니다. 오늘 제가 여러분에게 현충일 노래를 들려 드리겠습니다. 임들은 죽어서까지 한시도 잊지 않고 겨레와 나라를 위하는데, 우리는 겨우 1년에 한 번만 그들의 넋을 기리는 게 아닐까요?"

그러고 나서 '현충일 노래'에 목이 멘 것이다. '국민 여러분'은 좀 지나쳤다며 두 기자(예비역 중령과 예비역 병장)가 웃었다. 편집했음은 물론이지만, 하고 싶은 말을 하긴 했다. 노래 부르기를 재현해 본다. ♬**겨레와 나라 위해 목숨을 바치니/ 그 이름 영원히 조국을 지키네/ 조국의 산하여 용사를 잠재우소서/ 충혼은 영원히 겨레 가슴에/ 임들은 불멸(不滅)하는 민족혼의 상징/날이 갈수록 아아 그 정성 새로워라⋯♪**"

현충원과 관계있는, 내가 보기에 가장 슬픈 이야기를 아래에 적는다. 먼저 입구에서 왼쪽으로 꺾어 들어가 보자. 휴게실이 있다. 거기 눈길을 끄는 한글 궁체의 붓글씨가 액자 안에 들어가 있으니 여기 옮긴다.

어머니 나는 사람을 죽였습니다. 돌담 하나를 사이에 두고 십여 명은 될 것입니다. 적敵은 다리가 떨어져 나가고 팔이 떨어져 나갔습니다. 어머니 전쟁은 왜 해야 하나요. 어제 내복을 빨아 입었습니다. 물(水) 내 나는 청결한 내복을 입으면 저는 왜 수의를 생각해 냈는지 모릅니다. 어머니, 어쩌면 제가 오늘 죽을지 모릅니다. 하지만 저는 살아서 가겠습니다. 꼭 살아서 가겠습니다. 어머니 상추쌈이 먹고 싶습니다. 찬 옹달샘에서 이가 시리도록 차가운 냉수를 한없이 들이키고 싶습니다. 놈들이 다가오고 있습니다. 다시 또 쓰겠습니다. 어머니 안녕, 아 안녕은 아닙니다. 다시 또 쓸 테니까요. 그럼./ 일천구백오십년 전사한 학도병 이의근의 편지를 들길 이길자 씀

물론 편지 내용은, 읽는 이로 하여금 가슴이 찢어지도록 만들고도 남는다. 돌담 하나를 사이에 두고 총질을 주고받고, 그 긴박한 상황에서 십여 명의 적군을 사살하는 전과戰果를 올린 것은 통쾌하다. 하지만 그것도 잠시뿐, 학도병은 내복, 수의, 옹달샘, 상추쌈 등을 떠올리면서 엄마에게 이별의 편지를 쓴다!

14

한데 여기서 우리나라 위정자 내지 보훈 관계자들이 얼마나 잘못을 저지르고 있는지, 고발해야 하는 게 내 가슴을 저미게 한다. 이의근? 그 이름조차 틀렸다. 이우근이 맞다. 내가 그의 모교 동성중학교에서 확인한 결과다. 붓글씨도 그렇게 빼어난 게 아니어서 그것 또한 우리를 슬프게 한다. 게다가 '태니까요'가 뭔가? '테'지. 도대체 왜들 이렇게 무관심한지 슬프다.

작년 6·25 69주년 기념식 취재 차 갔는데, 이 편지는 그대로였고 이름 또한 고쳐지지 않았다. 보훈처장에게 부아가 치밀어 올랐고말고. 또 있으니, 이거다. '전우가 남긴 한마디'를 두 가수가 불렀지만, 그 또한 음정이 틀리더라. 𝄞조국을 위해 목숨을 바친♫을 두고 하는 말이다. '친'이 계명으로는 '레'인데, '미'로 눈 하나 깜짝 않고 얼버무린 거다.

기어이 바로잡아야 하겠다는 것이 나의 결심이다. 언젠가 내가 불렀으면 한다고 결심했다. 깜냥이 되느냐고? 건방진 얘기지만, 난 프로야구장에서 애국가 독창까지 했었다. 나더러 깜냥 운운하면서 그가 그르다. 그날 윤항기 목사에게도 그 이야길 했다. 그도 내 의견에 동의했다. 그래도 두렵지 않은 것은 아니지만 그만큼 임들을 향한 내 단심丹心을 적어서라도 남겨 놓고 싶다. 해서 난 기다린다. 현충일과 6·25날을!

내가 여기서 찾는 또 다른 묘원은 용인 천주교 묘원이다. 김수환 추기경과 노기남 대주교의 묘소에도 들렀다. 그 앞으로 많은 사제司祭, 즉 신부와 주교, 대주교들이 누워 있었다.

그런 뒤 심심하면 난 아내나 사위와 함께 천주교 묘원에 발걸음을 했다. 이상하게도 거기 가면 마음의 안정을 되찾는 것이었다. 여기저기 걸음을 멈추고선 복음 성가를 봉헌했다. '살아 계신 주', '저 높은 곳을 향하여', '방황하는 나그네', '바람 속의 주', '주여 이 죄인이' 등등.

얼마 뒤 우리나라 최고의 가야금 명인 황병기 교수가 선종하여 묻혔을 때도 거기 들렀다. 부인 한말숙 원로 소설가(예술원 회원/한국소설가협회 최고위원)와의 교유交遊도 그래서 시작되었고. 몇 달 뒤 최희준도 그리로 오는 게 아닌가. 그 앞에서 '맨발의 청춘', ' 하숙생' 등을 열창하면서 그를 기렸다.

한국소설가협회 카페에 회원이 유명을 달리했다는 부음을 자주 올라온다. 그걸 보고 장지葬地가 어딘지 자세히 알아본다. 만약에 그가 가톨릭 신자라서 용인 공원묘지에 유택을 마련했다 치자. 빈소나 영안실로 문상을 가기가 힘든 처지라, 며칠 뒤 용인 공원묘지를 찾는다. 소설가협회 어느 부이사장 부군의 경우도 마찬가지. 그들을 만나러 오는 건 일상이다.

내가 소설을 사사私事한 두 교수가 선종한 뒤 영면에 든 곳은, 수원과 서천舒川의 공원 묘원과 가족 묘지다. 동백역에서 기흥, 수원 등에서 지하철을 환승하여 수원에서 다시 버스를 타고 가서 이규정 교수와 해후(?)했다. 같이 부산에 살 때, 정말 많은 걸 그가 내게 가르쳐 주었다. 선종 얼마 전에 신도림역에서 전화를 냈더니, '주 날개 밑'을 불러 달라고 그가 내게 청하는 게 아닌가? 곁에 승객들이 붐비었지만, 목소리를 높였다. **♪주 날개 밑 내가 편히 쉬리라/ 어두운 이 밤에 바람 부나… ♪**

구인환 교수 생전에 그의 자택을 방문한 적이 있다. 그가 몸이 많이 아플 때였다. 개신교를 믿는 어느 자매의 도움을 받고 있었다. 나는 그 둘 앞에서 '살아 계신 주'를 봉헌했다. **♪주 하느님 외아들 예수/ 날 위하여 오시었네/ 내 모든 죄 다 사하시고… ♪**

그럴 경우 개신교와 가톨릭의 구분이 없다. 셋은 그 '살아 계신 주'를 봉헌했다. 그가 선종하고 난 뒤 얼마 안 있어, 왕복 400킬로미터 되는 서천의 산소에도 택시로 다녀왔다.

내게는 정말 눈물 없이는 못 가는 데가 유토피아 추모관이다. 거기 봉안당에 내 1촌 혈육이 잠들어 있는 것이다. 나와 아내는 그를 '임'이라 부른다. 울면서 몸부림쳐도 임은 대답이 없다. 기도를 바치고 성가聖歌를 불러도, '임'은 손을 내밀지 않는다. 가로막고 선 손바닥만 한 유리창을 어루만지면서 이별을 고해도 임은 아무 반응이 없다.

또 다른 '임'이 그 이웃에 머물러 있으니 약간은 위로가 된다. 그 '임'은 내 장모다. '임'은 기독교 신자였다. 두 '임'! 서로가 서로에게 위안이 되기라도 할까? 모르겠다. 주님은 한분이라는 사실을 절실하게 느끼지 않는다면, 우리는 다시 나락으로 떨어져야 한다.

복음 성가는 이승과 저승, 이 임과 저 임을 연결시켜 주는 매체다. 내가 부천 경찰방송이라는 개신교 방송에서 복음성가를 부르는 것도 그 당위성을 유토피아 추모관追慕館에서 얻는다. 돌아 나오면서 파라솔 밑에서 두 임의 넋을 기리는 이야기를 주고받는다.

그러고는 내가 다시 종종걸음으로 달려가는 곳이 있다.

교우 신해철 아우구스티노(내 세례명과 같다)의 위령탑 앞에 서 서서, 고인이 알아듣지도 못할 말을 몇 마디 던지기도 한다. 물론 묵주기도를 바치고. 왕년의 액션 스타 장동휘도 특별실에서 잠들어 있다. 펼쳐져 보이는 성경 한 구절도 소리 내어 읽어 본다. 최요삼 전 세계 챔프도 마찬가지. 그는 뇌사 상태에 빠지자 장기를 기증하여 여럿의 목숨을 건졌다. 오래 전에 사체며 장기 기증을 약속해 놓고서도, 아직 실천(?)에 옮겨지지 않은 내 안타까움을 그에게 토로한다. 이심전심? 글쎄 그가 알아 알아챌는지….

특별한 친구가 있으니 박상규이다. 그냥 친구라 부르는 게 아니라, 나는 그를 진짜 친구로 여긴다. 나이가 같은 데다 그가 이승에 있을 때 크게 히트했던 '조약돌'은 내 애창곡 중 하나이기 때문이다. 4월 1일이 그의 기일이다. 한 달 남짓이면 유토피아 추모관에서 그의 부인에게 위로의 말을 전할 수 있을지 모르겠다. MR 반주에 맞춰 그의 부인 앞에서 '조약돌'을 열창(?)하고 싶다. 팬들이 구름처럼 모이는 게 아니니 가능한 일이리라.

다른 많은 저명한 학자와 연예인들도 있으나 다 적을 수 없다. 그 많은 인사들의 정보나 업적 혹은 참고 사항은 추모관 상무常務에게서 전해들을 수 있다. 그와 인간관계가 그르쳐지지 않았으니 가능한 일이다.

안중근 열사의 순국 기념비를 참배함으로써, 거기에서의 일정을 마감한다. 그 조형물을 세워 준 유토피아 추모관 관장이 고맙기 이를 데 없다. 안중근 의사는 토마스라는 세례명을 가진 가톨릭 신자였다.

역시 코로나가 한사코 앞을 가로막고 있다. 다녀온 지 오래다. 4월 29일 다시 오마고 했던 약속을 어쩐지 지키지 못할 것 같아 안타깝고 분하다. 나는 울부짖는다. 코로나, 사탄!

코로나는 이처럼 나의 모든 일상을 흐뜨려 놓았다. 다른 것은 몰라도 타관 객리에서 보내는 중 어쩌면 '마감의 한 성취동기'로 받아들여야 할 또 다른 여러 군데의 묘소 참배다. 그런데 코로나가 저렇게 횡포를 부리다니 울화가 터진다. 때로는 미칠 것만 같다. 그래도 희망을 갖고 몇 군데 묘역(현충원 등) 혹은 묘소(묘지)를 머릿속에 그려 본다.

먼저 대전 현충원이다.

이재수 중장이 스스로 목숨을 끊었을 때, 나는 버릇대로 허풍을 떤 게 마음에 걸린다. 그가 대전현충원에 묻혔다는 소식을 듣고 거기에 다녀온다고 큰소리친 거다. 그 전우 앞에서 '육군가'를 부른다는 각오였다. 육군가! 내가 제대를 하고 50년 가까이 지내서 배웠으니, 그 또한 까닭을 모르겠다. 피아노 건반을 두드리며 작은 소릴 낸다. ♪ ♫ **백두산 정기 뻗은 삼천리강산/ 무궁화 대한은 온 누리의 빛/ 희망의 빛 줄 타고 자라난 우리/ 그 이름 용감하다 대한 육군…** ♪ ♪

다만 교통편이 좋지 않아 차일피일 미루어오다가, 작금에 이르고 말았으니 부끄럽다. 왕복 다섯 시간 남짓이면 가능한데…. 더구나 거기엔 어느 재외 작가의 선대인先大人도 잠들어 있어서, 그의 유택을 참배한다는 결심을 한 지 오래되었다. 게다가 천안함 순국 용사들도 수십 명 거기 잠들어 있지 않은가? '해군가'를 배운 명분도 세우고 싶었음을 다시 한 번 강조한다.

다행히 대전에 내 전우도 있고 동료 기자도 산다. 죽어도 잊지 못할 내 모부대母部隊 전 26사단장이며, 내게 마흔 시간의 안보 강사(무료) 기록(?)의 기틀을 마련해 준 여단장이 한남대학교 학군단장으로 있는 고장이다. 뿐만 아니라 영원한 벗 구항오 기자도 나를 기다린다. 코로나가 물러나면 제일 먼저 찾을 곳이 그러니까 대전 현충원이다.

다음은 임실 호국원. 고인이 되었지만, 내가 우리 신문 편집국장과 일산 요양원까지 가서 세 시간 동안 취재했었던 금사향 가수가 영면에 든 곳이다. 왜 그가 호국원에? 그만한 까닭이 있다. 그는 전쟁 중에 군예대軍藝隊에 몸을 담아, 장병들을 위문한 공로를 인정받아 당국에서 그를 호국원 영면을 배려한 거다.

내게 색소폰을 가르쳐 주는 음악학원 원장이 임실(지금은 전주?)의 향토사단 군악대 병사 몇몇이 도와 줄 테니, 거기 가서 고인의 애창곡을 불러 보지 않겠느냐고 넌지시 권한 적이 있었다. 나야 뭐 길길이 뛰며 좋아했고말고. 억지로 코로나에게 덤터기라도 씌워야겠다. 만약 모든 게 풀린다면 나는 금사향 가수가 용인 문화 회관에서 공연을 할 때, 대기실에서 같이 연습하던 '임 계신 전선'을 목청에 싣고 싶다. 물론 남자 키에 맞춰야 한다. ♫ **태극기 날리며 임을 보낸 새벽 정거장 기적이 울었소/ 만세 소리 하늘 높이 들려오던 밤/ 지금은 어느 전선…** ♪

금사향 가수가 지하에서 앙코르를 청할 테니, 그때는 '홍콩 아가씨'다. 용인 문화회관 무대에서 작은 의자에 앉은 채 큰 태극기를 흔들며 열창하던 노老 가수의 모습이 눈에 선하다.

빠뜨릴 수 없는 곳이 또 있다. 수유리 4·19 묘지다. 지척인데 말만 앞세우기에 서두르는 내 성격 탓에 너무 늦어버렸다. 몇 달 전에 소천한 김병총 형님, 서울 근교에 옴으로써 때로 만나고 때로 식사도 같이 했던 소설가협회의 최고위원. 그와의 만남 자체가 내게는 하나의 은혜였다 해도 과언 아니다. 내가 형님으로 깍듯이 모시면 그는 거기에 대처(?), 아우라 불러 주고 반드시 하대下待를 했다. 그런 그의 인정 넘치는 모습이 그리울 뿐이다.

내가 실제로는 알지 못하는 열사烈士 한 사람도 꼭 찾아봐야 한다.

나 자신이 한 번도 가보지 않은 가거도可居島란 국토 최 서남단의 섬에서 태어났었던…. 3년 전 소설집 『연적의 딸 살아 있다』를 냈을 때, 거기 중편中篇도 한 편 끼워 넣었는데, 작중作中 살인죄를 저지른 주인공이 도피한 곳이 거기였다. 거기에서 요행히 살아남았다가 반전反轉 끝에 누명이 벗겨지고 귀향한다는 얘기다. 주인공은 광주를 거쳐 목포에서 발동선을 타고 가거도로 숨어든다. 죽인다고 주머니칼로 찌른 아기는 가벼운 상처만 입고 살아났는데, 그런 줄도 모르고 가거도에서 허송세월을 한 주인공이 나 자신이다. 월하빙인月下氷人이란 고사성어가 있지 않은가? 그걸 아는 사람이라면, 읽지 않아도 대충 흐름은 짐작하리라.

참 열사의 이름은 김부연이다. 그는 목포에서 중학교를 마치고 서라벌 예고에 재학 중에 4·19 혁명에 참가했다가 순국한 인물이다. 1942년생이니 나와 갑장이다. 코로나만 물러가면 단 몇 시간 만에 다녀올 수 있으리란 기대가 조급증으로 바뀌었다. 현지 취재를 못 한 대신 그곳 초등학교 분교장分敎場 부장 교사, 통장 등과 자주 통화도 하곤 했었지.

자, 이제 내가 가봤으면 하는 마지막 묘지는 '적군 묘지'다. 우선 구상 시인이 1956년 『자유문학』에 발표했던 시詩 '적군묘지 앞에서'부터 감상해 보자.

오호 여기 줄 지어 누워 있는 넋들은/ 눈도 감지 못하겠구나/ 어제까지 너희의 목숨을 겨눠/ 방아쇠를 당기던 우리의 그 손으로/ 썩어 문드러진 살덩이와 뼈를 추려/ 그래도 양지바른 두메를 골라. 고이 파묻어 떼마저 입혔거니(이하 생략)

그의 딸이 우리 협회 소속 작가다. 그 작가와는 인사도 나누지 못했었지만 뭔가 통할 것 같다. 실은 전국 묘지를 찾고 싶은 욕심은 26사단 12* 기보대대에 안보 강연을 나갔을 때부터 싹 텄었다. 멀지 않은 곳에 있다 해서 한 번 발걸음 해보라 싶었던 거다. 하지만 여의치 않았다.

이런 사연도 있다. 이름만 들으면 누구나가 아는 워낙 유명한 기자가 부산일보사에서 강연을 할 때였다. 매월 마지막 주 토요일 오후였다. 나는 거기에서 개막 전에 진중 가요를 일고여덟 번 불렀다. 그런데 거기에서 두 시간 동안 유튜브 방송을 하는 예비역 중위의, 대對 '적군 묘지' 시각은 완전 부정일변도였다. 그때에는 그의 견해에 박수를 보냈다. 하지만 정작 적군 장병들이 죽어 누워 있는 묘지가 바로 거기란 생각에 미치자, 내가 가보고 싶은 곳으로 만들었던 것이다.

다른 짓을 하려는 것도 아니다. 그냥 꾀죄죄한 차림 그대로 적군 묘지를 한 바퀴 돈다. 그러다가 햇볕도 덜 들고 잡초가 무성한 어느 무명의 적군 묘지 앞에 선다. 그리고 폐부 깊은 곳에서 이 노래를 뽑아 올려 흩뿌리고 싶은 것이다. '꿈에 본 내 고향'. **고향이 그리워도 못 가는 신세/ 저 하늘 저 산 아래 아득한 천리/ 언제나 외로워라 타향에서 울던 몸/ 꿈에 본 내 고향이 마냥 그리워…♬**

그 앞에서 상념에 젖고 싶었다. 그들이 무슨 죄가 있는가? 전쟁을 일으킨 수괴首魁가 시켜서 총을 잡았고, 탄우를 뚫고 공격 혹은 후퇴를 거듭하다가 총알 하나가 심장을 꿰뚫어 숨을 거두었을 뿐이다. 그들도 엄마가 있었고 그 엄마는 자식의 무운장구武運長久를 빌었을 것이다. 정화수는 남에도 북에도 꿇어앉은 엄마의 두 손 앞 장독대 위에 얹혀 있었을 테고.

카메라 셔터를 눌러 달라거나, 영상으로 담아 달라는 부탁을 남에게 하고 싶지 않다. 그게 내가 적군 묘지에서 가슴을 열 수 있는 유일한 인도人道의 한 조각이겠거니 하는 그런 착각인들 왜 안 가졌으랴. 나는 가수니까. 더더욱 국립현충원에서 '전선 야곡'이며 '전우야 잘 자라', '삼팔선의 봄', '비목', '진짜사나이', '행군의 아침', '육군가' 등을 어마어마하게 부른 예비역 병사가 아닌가. 내가 설사 전장戰場에서 뒹굴거나 부상을 당한 적은 없어도 말이다. 이우근 학도병만큼 가슴을 아프게 했겠냐만, 그 적군들 중에서도 자기 엄마에게 그런 편지를 써 놓고 부치지 못한 친구도 있으리라.

하지만 그 꿈을 당분간은 접기로 했다. 파주 시의회에서 적군 묘지 존재 의미를 어쩌고저쩌고 하는 마치 기리기라도 하는 듯한 행사를 치르는 바람에 적이 부아가 났던 것.

그래도 그런게 아니다 싶다. 잘난 사람은 잘난 대로 살고 못난 사람은 못난 대로 산다. 나야 후자이고도 남으니 그 정체성을 어찌 버리랴. 코로나가 쫓겨나면 나는 가서, 오직 하나의 선물 '꿈에 본 내 고향'만 나지막이 깔고 오리라. 꽃? 아서라, 한 송이도 안 놓는다.

3

다시 한 번 부르짖지만 코로나 탓에 삶이 엉망진창이 되고 말았다. 타관에 겨우 정을 붙이고 몇 년을 지냈는데, 절망에만 사로잡혀서 반항심조차 생긴다. 하나 어쩌면 이걸 전화위복의 계기로 삼을 수 있을는지 모르겠다. 귀향! 그게 바야흐로 아내와 나의 요 며칠 새의 화두다.

그러나 살아서가 아니라 이승을 떠난 뒤, 유해로 가로 세로 30센티미터쯤 되는 안식처가 있는 밀양의 천주교 성당 하늘공원에서, 영원히 잠든다는 얘기다. 밀양! 거기에 아내와 내 봉안당 (유택)을 마련하고 싶은 거다. 누가 먼저 숨을 거둘지 모르지만 뭐 그게 그리 중요한 건 아니다. 나란히 눕기만 하면 되는 거다. 엄마 아버지 두 분이 누워 있는 그 306호실 어느 자그마한 공간을 마련할 계획이다.

그 전에 몇 가지 할 일.

둘 중 누가 죽으면, 지체 없이 유토피아 추모관에서 내 두 '임'의 유해를 밀양으로 옮기는 게 급선무다. 물론 딸 내외와 의논이 되어야 하겠지만, 부모의 유언을 뉘라서 거역하랴. 그동안 미뤄놓았던 걸 밝히련다. 내가 숨 거두면 연락해야 할 열대여섯 곳? 따로 적어 벽에 붙이기 시작한다. 아흔일곱 살 이근양 장군을 취재하러 갔을 때 그 삶의 정리 방법을 배운 거다.

그러니까 말이다. 엄마 아버지와 사돈 내외가 마주보고 있으니, 엄마 아버지 쪽 그리 높지도 않고 낮지도 않은 위치에 유택 다섯 개를 마련한다는 뜻이다. 사돈이 달갑지 않게 생각할지라도, 내 사정을 이해하게 달라고 주님께 기도를 해야 한다.

그런데 이상하다. 그렇게 작정하고 나니 마음이 한없이 편한 것이다. 엄마 아버지가 그렇게 보고 싶어 하던 '임'이 가까이 오는 사실만으로도 두 분은 행복해 할 거다. 우리 둘의 영혼 또한 마찬가지. 더 이상 슬퍼하지도 않고 고통을 느끼지도 않은 그 안식처에서 영생을 누리고 싶다. 임들과 나란히 누워 잠들고 싶은 건 살아서나 죽어서나 인지상정이다.

왜 밀양 성당이어야 하는가? 또 다른 기나긴 사연이 있다. 너무나 가슴 아픈….

재작년 나는 영천永川 호국원에 갔다 온 적이 있다. 종형從兄이 세상을 떠난 지 2년이 지나서였다. 내가 65년도에 두어 달 동안 훈련을 받은 부관副官학교가 있던 곳이다. 난 종형 내외의 부음을 듣지 못한 채 낯선 땅에서, 그와의 여러 가지 추억을 생각하면서 지내고 있었다.

내가 초등학교에 다닐 때 그는 군에 입대했었다. 전쟁이 한창 진행되던 때, 한 번은 그가 휴가를 왔는데 사진 한 장을 누나에게 주고 갔다. 군복 입은 거였다. 그가 귀대하고 난 뒤 그걸 보고 부르던 노래가 이거였다. **♩쓸쓸한 침대 위에 나 홀로 누워/ 한 손에 사진 들고 두 눈에 눈물/ 이와 같이 잘난 낭군 군에 보내고/ 나 홀로 긴긴 밤을 어이 새우나 ♩**

그로부터 세월이 흐른 뒤에 아버지가 기세를 했다. 예순을 겨우 넘기고 나서였다. 고향 단장면 국전리를 멀리 떠나 삼랑진에서 몇 년 외로운 삶을 살다가…. 엄마도 5년 뒤에 아버지를 따라갔다. 산소는 고향 집에서 걸어서 20분쯤 걸리는, 무푸룽골 우리 산밭 곁의 언덕배기에 마련했다. 하지만 내가 부산 시민이 된 후론 산소 가기가 참 힘들었다. 금곡동에서 구포까지는 기차, 밀양에 내려 택시로 시외버스 터미널까지 가야 한다. 거기서 다시 털털거리는 시골 버스를 타고 한 시간. 종점에 하차하여 걸어서 50분…. 역순逆順으로 귀가해야 했고. 병든 몸으론 무리였다고 고백 아닌 변명을 한다.

근처 산사태가 나서 산소가 무너질 위기에 처해 있었다. 그래도 다행히 굵은 나무뿌리가 지탱해 주어서 20년 넘게 버텨냈다. 그러는 중 나는 항상 아팠으니, 결국 성묘를 소홀히 하는 나를 꾸짖는 종형의 소릴 들어야 할밖에. 둘의 사이는 그렇게 멀어져 갔다. 종형은 나를 말로써 응징했고 나는 종형을 원망할밖에. 자동차 운전을 못하는 나는 가끔 아내를 채근해 산소에 다녀오곤 하였다. 아내도 초보 중의 초보였으니, 벼랑 끝으로 곤두박질 칠까 봐 마음을 졸일 수밖에.

바람결에 들려오는 종형과 형수의 소리는 항상 이랬다. 교장까지 지낸 놈이 제 아버지 엄마 산소를 모른 척 해? 제 아비 어미가 없었으면 제가 나기는 했어? 후자後者가 형수의 꾸지람이다. 둘의 언어에는 뭔가 설명할 수 없는 증오憎惡가 섞여 있다? 우린 항상 그런 의아심을 가질밖에.

마침내 내 건강이 악화되어 문 밖이 바로 저승일 지경에 이르러서도 그런 풍문은 줄어들지 않았다. 종형은 부산에서 사업을 해서 성공한 덕분에 좋은 승용차도 있었고, 고향에 집을 얻어 놓고 대추 농사를 지으며 여유로운 생활을 하고 있었다. 그러니 자주 갈밖에.

그런데 어찌된 셈인지 밀양에서 양산으로 도로가 나는데, 엄마 아버지 산소를 이장해야 한다는 게 아닌가? 아내와 나는 차라리 잘 되었다 싶었다. 대자代子인 시몬에게 그 큰일을 잘 매듭지어 달라고 부탁할밖에. 50년 만에 엄마 아버지의 유골을 먼발치에서 봤다. 아내와 내가, 그리고 세 누나와 큰자형 등과 함께. 끝내 종형은 나타나지 않았으니, 나도 사람인지라 화도 났었다. 대신 이제 산소 때문에 설움을 받지 않아도 된다는 안도감에 젖었다.

밀양 성당에서 다시 화장으로 간단한 예식을 치르고 곧바로 성당 천상낙원에 봉안하게 되었으니, 비로소 편한 마음으로 아내와 나는 잠들게 되었다. 그러나 1촌인 임을 잃는 크나큰 충격과 맞부딪쳤으니 터져 나오느니 이 탄식뿐이었다. 오호 통재라!

부산에 머무를 수 없었다. 해서 괴나리봇짐 하나 달랑 들고 여기 왔다. 어느덧 강산이 변한다는 10년 세월인 것이다. 그러고 나서 여기에서 온갖 몸부림을 치다가, 진정한 돌아갈 '귀歸' 자 하나 달랑 가슴에 새긴다. 그리고 상념에 젖어 있다.

종형. 원망도 많이 했고 미워도 했었다. 내 잘못을 반성하지 못하고 말이다. 살아서는 힘들었던 화해가 죽어서 이루어졌으니, 그걸 요약하려는 것이다. 바로 영천永川에서다.

용인에서 영천까지의 왕복은 엄두를 못 낼 정도다. 그런데 어느 날 이를 악물고 집을 나섰다. 신갈 5거리에서 동대구 행 버스를 타고 거기서 하차했다. 다시 영천 행 버스로 환승하여 터미널에 내린 뒤, 택시를 이용하여 호국원까지 갔다. 총 대여섯 시간이나 걸렸다. 호국원 입구에서부터 심장이 마구 두방망이질을 했다. 꽃다발 두 개를 사들고 봉안당으로 올라갔다.

안내실에 참 친절한 직원이 있었다. 종형과 자형의 이름을 들먹였더니 현장까지 안내해 주었다. 먼저 종형 봉안당부터 들렀다. 이현우 병장/ 1931.11.2. 경남 양산에서 출생/ 2014.9.18. 부산광역시에서 사망/ 형수와 한 공간에 유해가 들어 있었다. 갑자기 눈물이 쏟아져서 바닥을 적셨다. 오랫동안 어깨를 들썩거리며…. 나를 향했던 종형의 애증愛憎! 그 빛과 그림자, 기나긴 역사가 한바탕 꿈이 되어 나를 휩싸는 순간이었다.

그런데 너무나 기가 막히게도 자형의 봉안당도 같은 동棟 같은 층, 그것도 여남은 걸음 떨어진 곳에 있는 게 아닌가! 이계출 특무상사/ 1930.11.18. 경남 양산에서 출생/ 2012.2.10. 대구광역시에서 사망/1950 화랑무공훈장 수훈. 옆 공간은 비어 있었다. 누나가 머지않아 들어갈 공간이다. 둘 사이는 생전에 그렇게 좋지 않았던 걸로 기억한다.

나로 하여금 놀라 자빠지게도 하고 남을 기억 하나가 돌아오는 버스 안에서 되살아났으니…. 종형은 8사단 소속이었다. 영천 전투에 투입되었었던 것이다. 비록 전공은 못 세웠을망정, 새로운 내 모부대母部隊 8사단 소속으로 그 옛날 적과 총부리를 겨누고 싸웠다니, 이런 기가 막힌 일이 또 있겠는가? 그 8사단이 몇 번이나 위치를 옮기다가 마침내 양주시 백석동으로 와, 거기 자리 잡고 있던 26사단을 흡수(?) 통합해 새로운 이름 제8기계화보병사단이 된 지 1년여다. 죽어도 잊지 못하던 26사단은 기념관에 흔적으로 남아 있다. 엄마한테 가면 이야기할 수 있을 것 같았다.

"엄마, 귀대하는 내게, 어두운 눈으로 작별하셨지에? 뒤돌아보지 말라시면서…. 그런데 세상에, 종형이 나와 같은 부대 소속이 되었습니다. 둘째 자형과 영천 호국원 같은 층에 있대에. 이제 종질從姪들이 엄마 아버지께 가끔 들를낍니더. 저희들도 여기

30

서 잠들라고예. 조그만 기다리이소."

놓칠 수 없는 얘기 하나. 여기 와서 이태 되었을 때, 엄마의 모습을 항상 떠올리다가 이런 생각을 불쑥 떠올렸던 것. 외할아버지 산소에 한 번 다녀와야겠다고.

하지만 너무나 멀다. 청도 한재라는 데를 찾아야 하는데, 밀양으로 가서 완행열차를 타고 유천에서 두 시간 이상 걸어야 한다. 택시가 없단다. 그래도 나는 나섰다. 밀양 엄마 아버지 산소에 들렀다가 시내로 나와 일박을 하고, 이튿날 가까이 사는 아내의 제자인 소방관에게 부탁을 한 것이다. 마침 비번이라 가능하단다. 그래서 실로 70년 만에 외할아버지 산소를 참배한 것이다. 엄마가 그 옛날 살던 집은 당신의 열한 촌† 조카가 살고 있었다. 나보다 한 달 늦은 그가 내게 한사코 하대를 하라고 조르는 바람에 혼이 났다. 끝내 얼버무려 버렸지만…. 그가 하던 말이다. 나이 많은 조카는 있어도 나이 많은 동생은 없다는.

옛날 외갓집은 부자였단다. 외할아버지가 말을 탈 때 오르내리던 널찍한 바위 하나가 대문 곁에 있었다. 시집오기 전날 밤, 눈 어두운 엄마가 어떤 마음이었을까 싶어 눈시울이 젖었다. 아버지도 한쪽 눈은 의안이었다. 장모도 그랬다. 참 마음 아픈 사연이다.

때로는 근래 불길한 느낌이 든다. 이대로 코로나에 꺾여 숨을 거둔다? 그래도 괜찮다. 다만 아직 미해결 상태인 몇 가지 숙제가 있다. 이미 20년 전에 한마음한몸운동본부에 약속했던 장기 및 사체 기증서약서는 쓸모가 없어서, 명동 성당을 통해 가톨릭 대학교에까지 부탁하여 받아 놓았던 서류를 보내지 못하고 있으니…. 암 수술도 했고, 어깨 대 수술도 하는 동안에 경황이 없었다고 변명하려니 너무 입에 발린 소리 같아 부끄럽다. 장례 절차도 복잡한 모양이라 나를 방황의 늪으로 빠뜨린다. 이 위기만 넘기면 서둘러 모든 문제를 해결할 수 있으리라 여긴다.

그래도 나는 짐짓 여유를 부린다. 바로 스마트폰이라는 문명의 이기를 활용하는데, 밤이면 밤마다 잠들기 전에 듣는 빗소리다. 어릴 때 엄마랑 누나랑 큰방에 누워 듣던 바로 그 소리다. 자랄 때도 들었고, 군에서도 들었으며, 결혼해서도 아내랑 아이들과 들었다. 다만 일흔을 넘길 때까지 몇 년간 그걸 몰랐다가, 지금에 와 그걸 깨달았다니 서글프지만, 뭐 대수인가?

오늘 밤도 베갯머리에서 흘러나오는 빗소리를 들으련다. 지난 삶을 송두리째 뒤돌아보며 중얼거리기라도 해야 하지 않겠는가?

"영혼으로 곧 돌아가리라, 영원한 안식처 우리 봉안당으로. 빽빽할 밀密, 볕 양陽, 곧 밀양密陽에 자리 잡은…. 거기는 남쪽 지방이지만 결코 내려가는 게 아니다. 나에게는 상上의 개념이 존재하는 곳이니, 나 고개를 들고 올라가야지."

다행히 성한 몸으로 몇 달 안에 엄마 아버지 봉안당에 간다면, 불자였던 두 분을 위해 '찬불가' 한 곡은 불러야 한다. 여느 때처럼 말이다. 나옹선사 작사, 변규택 작곡. ♪청산은 나를 보고' **다. 청산은 나를 보고 말없이 살라하고 창공은 나를 보고 티 없이**

살라하네/ 탐욕도 벗어 놓고 성냄도 벗어놓고/ 물같이 바람같이
살다가 가라 하네…♬

세종대왕 화내겠다

바야흐로 '코로나 19' 때문에 나라가 쑥대밭이 되고 있다. 텔레비전만 틀면 밤새 수백 명이 그 병에 새로 감염되었다는 소식을 연신 쏟아낸다. 전 국민이 공포에 휩싸인다. 특히 고령 환자가 사투에서 져서, 더러 죽는다는 속보速報 앞에 일흔 살 넘은 노인들은 안절부절못한다.

여든 살 예춘자芮春子인들 어찌 예외일 수 있으랴. 그도 이러다가 비명횡사非命橫死하지 않는가 싶어 적이 걱정이다. 자나 깨나 앉으나 서나…. 참 그는 인터넷신문 기자이자 수필가다.

평소 '낙천樂天'을 생활신조로 삼고 있는 그도, 어쩔 수 없이 발을 동동 구르다니 싶어 스스로에게 연민의 정을 보낸다. 그들 부부는 딸 내외와 손자 등 일곱 식구와 함께 산다.

어쨌든 거듭 말하지만, 바야흐로 더 '나비 효과'에 버금갈 이

어쭙잖은 병으로 말미암아 지구촌 수십 억 인구가 촉각을 곤두세우고 있다. 귀추를 짐작할 수 없다는 데에 더 큰 문제가 있다. 속수무책束手無策? 그 말이 맞는 것같다.

부아가 섞인 푸념 하나. 중국이 발원지(발생지)인 모양인데, 피해는 우리가 되레 더 당하게 된 점이다. 대한민국 항공기의 기착을 금지하는 지구촌 나라가 2백 개국에 가깝다나? 정부 초기의 미흡한 대처가 큰 화를 불러 일으켰다는 데에 별 이의를 걸 수 없는 지경에 이르렀으니, 나라꼴이 말이 아니다.

심사를 혼란스럽게 하는 사실 하나. 정작 중국은 한숨 돌리고 있다는 거다. 베트남은 입국을 철저하게 통제함으로써 환자 증가를 0으로 만들고 있다는 점도 마찬가지, 우리는 도대체 뭘 하고 있나?

그런데 엎친 데 덮친 격으로 이 불행한 상황을 전하는 매체, 예를 들어 신문이나 방송들이 갈팡질팡하고 있다는 게 국민으로 하여금 분노를 억누를 수 없게 하고 있다. 정치인이며 기자, 패널, 프로듀서 등이 일을 그르치게 하는 그야말로 장본인張本人들이다. 그들의 우리말 실력이 그 정도여서는, '코로나 19'를 종식시키는 시한이 쉬 다가오지 않으리라는 불길한 느낌을 갖게 된다. 왜 말 한마디로 천 냥 빚을 갚는다는 속담도 있지 않은가? 예춘자 기자가 이래저래 절망하다가 내뱉는 한탄 섞인 푸념이다. 세종대왕이 불같이 화내겠다!

초 중 고등학교에 다니는 손자 셋이 공교롭게도 남자애들이다. 맏이가 고등학교 1학년이고, 둘째가 중학교 2학년, 막내가 초등학교 6학년…. 각각 2년 터울로 고고의 소릴 냈었던, 참으로 보물보다 더 보물 같은 존재인 녀석들 덕분에 외로움 따위를 잊고 살아 온 것이다. 딸 내외의 퇴근이 늦어, 낮 시간에 그가 녀석들과 어울리는 건 너무나 당연하고말고.

겨울 방학이 끝난 지 오래지만, 등교 일자가 두 주일 이상 연기된단다. 요 며칠 새엔 사위만 출근한다. 그러니 마흔 평 아파트가 여섯 식구로 복작댄다. 오랜만에 이야기꽃을 피우다 보니, 이따금 코로나 공포를 잊어버릴 때도 있다. 하지만 텔레비전 앞에 앉기만 하면 예춘자 얼굴은 주름살 투성이가 된다. 뭔가 못마땅한 듯한 표정의 그가 혼잣말로 중얼거리기 예사다.

"뭐라고? 전 장병의 휴가 외출을 통제한다고?"

예춘자가 자기도 모르는 새에 파열음이라도 낸 것일까? 손자 셋이 한꺼번에 우르르 몰려들었다. 녀석들은 이구동성으로 입을 열고 할머니를 걱정한다.

"할머니, 무슨 일이 생겼어요?"

"아니 너희들도 알아야 할 일인데 말이야, 방송에 종사하는 아나운서며 캐스터, 패널들이 뭘 모르고 있구나."

"그게 무슨 뜻이에요?"

"귀여운 내 새끼들, 내 설명을 좀 들어보련?"

그로부터 작심한 듯 예춘자는 손자 셋을 앞에 놓고, 좀 전에 열을 올린 까닭을 설명했다. 입버릇처럼 말하는 '세종대왕이 화를 낼 수밖에 없는', 그 가지 몇 개를 예시한 것이다. 시기가 시기이니 만큼 '코로나 19'에 국한된 것이다.

"너희들, 장병이 무슨 뜻인지는 알고 있어?"

셋은 이구동성으로 반문했다.

"군인들을 두고 말하는 거 아니에요?"

"약간은 맞고 약간은 틀린단다. 장병이란 군인 전체를 뭉뚱그려 나타낼 때 쓰는 단어야. 군인은 장교將校와 부사관副士官, 병사兵事로 나눠지거든? 너희들 대위 혹은 대령이란 계급 있는 걸 알지?"

"예, 저희는 '밥풀떼기'라 부르기도 하고 '무궁화 꽃잎'이라 부르기도 하곤 하지요."

"원, 녀석들도 많이 자랐구나. 우린 소위와, 중위, 대위 계급을 다이아몬드라 했단다. 그 여섯 계급 외에 장군이라는 계급이 있지. 별을 단 군인들이야. 준장 · 소장 · 중장 · 대장 등이지. 별하나는 준장, 둘은 소장, 셋은 중장 넷은 대장…."

맏이가 끼어든다.

"인천상륙 작전의 주인공 맥아더는 별이 다섯 개던데요?"

"아 참, 그 계급이 옛날에 다른 나라 유명한 장군들 중에 있었어. 맥아더 원수야."

"이등병, 일등병, 상등병, 병장, 하사, 중사, 상사, 원사, 준위도 있다고 들었어요."

"그렇지. 그들은 병사 혹은 사병, 부사관, 준사관이라 불러. 병사들은 남자가 일정한 나이에 들면 국방을 위해 군에 입대하는 거야. 총칼을 들고 적과 싸우기 위함이지. 그게 국방의 의무야. 남자는 반드시 군복을 일정 기간 입어야 해. 여자들도 더러는 군에 간단다. 여자는 대신 제일 낮은 계급이 하사下士지. 여자는 무조건 간부幹部야.

며칠 전에 방송이나 신문에서 떠들썩했어. 병사 하나가 휴가 중에 코로나에 감염되었던 모양이야. 그런데 이를 신문과 방송에서 이렇게 제목을 잡았어. 드디어 '장병마저 코로나에…'. 국민은 혼란에 빠지기 마련이야. 자, 할머니 말 잘 들어. 장병은 장수 장將과 군사 병兵이 합쳐진 건데, 어떤 군인이든 혼자일 때는 '장병'이라 하면 안 돼. 그런데 언론에서 장병 어쩌고저쩌고 하는 바람에, 많은 국민들이 패닉 즉 공황에 빠진 거야. 이윽고 양식 있는 어느 기자가 취재를 통해 해군 병사 하나가 휴가를 마치고 부대로 돌아와 보니 열이 나고 해서 검진을 받은 결과, 환자라는 게 밝혀졌다는 거야. 불행 중 다행이란 말 있지? '병사' 한 명과 '장병' 한 명에는 그만큼 차이가 나는 거야. 이윽고 장교와 병사들 즉 장병들이 잇따라 코로나에 감염되는 바람에 온 국민이 더욱 걱정 속에 빠지게 되었지만."

예춘자는 다시 보충 설명 삼아 몇 마디를 보탰다. 언론은 또 제 맘대로 떠들어댔단다. 전 장병의 '휴가 외출'을 없앤다고. '망발'이라고까지 하면서 그는 꾸짖었다, 언론을!

간부는 본래 밤에는 부대 밖에서 혹은 부대 내 숙소에 거주한다. 합동참모본부장 이하 하사에 이르기까지. 그들을 전부 외출을 못 하게 한다? 별을 단 장군들도 임시 숙소에서나 자기 사무실에서 자야만 하고. 예춘자는 손자들에게 이 말을 강조했다.

"애들아, 그런 일은 전시 즉 우리나라가 적군의 침략을 받아서 서로 총이나 포로써 싸울 때에나 있는 일이야. 물론 중요한 훈련 때도 그렇지만."

"와, 우리 할머니 아시는 것도 많으세요. 최고!"

"할머니가 이래봬도 기자지 않니? 8사단 사령부 앞에 가서 코로나를 걱정하는 인근 주민들의 생활상을 취재하기도 했어. 코로나가 한풀 꺾이면 사령부도 방문할 계획이야."

예춘자는 손자 녀석 셋으로부터 많은 박수를 받고, 채널을 다른 데로 돌렸다. 하나 어떤 프로그램에든지 집중을 할 수 없다. 그는 또 고소를 날렸다. 모두가 '코로나'라서.

조금 있으려니 딸애가 다가왔다. 예춘자는 딸애에게 말을 건넸다.

"애야, 큰일 났구나. 코로나 창궐로 인해 나라가 좀 이상해진 것 같아. 제1야당 원내대표가 국회에서 세미나 도중 양성 환자 옆에 앉았던 게 겁이 나 검사를 받았다나?"

"그런데, 엄마?"

"다행히 음성으로 나왔다지만, 그가 하는 말이 너무 실망이야. 거리나 시장에서, '서민들의 애환을 뼈저리게 느꼈다'고 눈 하나 깜짝 않고 말하는 거지 뭐니? 세종대왕이 화내시겠더라."

"무슨 뜻인데?"

"'애환'은 슬픔과 기쁨을 나타내는 말이야. 슬플 애哀, 기쁠 환歡! 슬픔은 모르지만, 기쁨을 뼈저리게 느꼈다는 말이 있을 수 없어. 여당 원내 총무 그 사람 서울 대학교 출신이라면서 그러니, 보통 사람이야 오죽하겠니?"

"아하, 엄마는 역시 달라. 누가 기자 겸 수필가 아니랄까 봐서…. 한글날 취재 가거든 그 자리에서 표창을 받아야 하겠네."

모녀는 여느 때처럼 또 웃음꽃을 피웠다. 여당 대표의 아들인 정신의학과 전문의가 어느 누구와 대담을 하는 도중 농담을 하는 바람에, 욕을 바가지로 얻어먹었다는 것. 둘은 폭소를 터뜨렸다. 그가 이랬었다는 거다. '코로나'는 '코로 전염되는 병'이다!

"이럴수록 외래어를 안 써야 하는데, 요샌 오히려 극성이니 국민들은 혼란이야. 특히 공부를 많이 하지 않은 늙은이들은 혼란에 빠지기 십상이거든?"

"무슨 뜻이야?"

"'코로나 포비아'가 뭔지 넌 아니?"

"코로나야 지금 대 유행하고 있는 이 병을 말하는 거고, 포비아가 뭔지 아리송하네, 엄마."

"거 봐 너처럼 고등학교 교사가 아리송하다니…. '포비아'는 'phobia'…. ph는 f 발음을 내는 것 주의. 간단하게 풀이하면 '공포증'이야. 따라서 코로나 포비아는 '코로나 공포증' 정도로 알려 주면 누구든 고개를 끄덕일 텐데…. 저승에 있는 세종대왕의 얼굴에 주름살이 늘겠어."

"엄만 대단해. 어떻게 그런 걸 다 알아?"

"얘야, 거듭 강조하지만 내가 기자야. 또 그냥 넘어가지 못할 게 있어. 코로나 뒤에 붙어 다니는 '펜데믹'…. '전국적인 유행병'이란 말인데, 방송에서 저래도 노인들은 못 알아들어."

"엄만, '적的'이란 말을 안 쓰잖아. 일본말 찌꺼기라면서…."

"그렇지. 내가 깜빡했다. 전국 유행병이라 해야겠구나."

딸은 엄지척을 해 보이며 저만치 떨어져 있는 컴퓨터 앞으로 작업하러 갔다. 예춘자는 자기 스마트폰을 켰다. 메모난에서 몇 가지를 골랐는데 그걸 다시 기자 수첩에 옮겨 적었다. 그 중 두 개를 재구성하여 살펴본다.

'신천지'가 바야흐로 인구에 회자膾炙된단다. 신천지라는 종교 신도들이 코로나를 악화시킨 주범(?)이란 뜻으로 쓰는 모양이다. 회자는 긍정일 때 쓰는 표현인데…. 서글픔을 느낀다.

한데 며칠 전부터 '신천지'라는 이름을 가진 아파트 등에서 개명 운동이 벌어지고 있다는 소식이다. 어디에 사느냐고 물었을 때, '신' 자는 들먹이기조차 창피하다나? 그런데 3월 1일만은 신천지를 거부하는 자체가 불경스러운지 모른다. 순국선열들에게 말이다. 독립선언서 끄트머리 부분에 나오는 이 문장, 어떻게 생각할까? 읽는 사람이나 듣는 국민 모두가.

"'신천지'가 우리 안전眼前에 전개展開되도다!"

그런데 희한하게도 올해는 일곱 사람이 나누어서 독립선언서를 낭독하더라. 머지않아 독립선언서에서도 '신천지'를 빼야 할 날이 올지 모르겠다. 슬프다.

마스크가 동이 났다. 전날 밤을 천막 안에서 자고, 이튿날 새벽부터 줄을 서는 기이한 풍속도가 생겼다. 그런데 언론에서는 마스크 '공적公的' 판매를 한단다. 그 의미를 예춘자도 정확하게 파악하지 못하고 있다. 공공 기관에서 판다는 뜻일까? 사회주의 용어라고도 하던데….

예춘자는 그러는 중에서도 모레 서울에 다녀와야 한다. 쟈니리 가수를 만나기로 한 거다. 사서 고생이라더니 늘그막에 기자랍시고 동분서주하다니 서글프기도 하지만, 그것도 소명에 의해서 빚어진 거다. 문득 지금보다는 한가롭고 여유가 있었던 부산이 그리워진다. 그 시절로 잠시 돌아간다.

예춘자를 소개하려면 전북도 보건국장이며 옥구沃溝 군수 등을 역임한 채낙현 구청장을 빠뜨려서는 안 된다. 이미 고인이 된지 오래지만…. 채낙현 청장은 초등학교 학력이 전부인데, 사립중학교 교장을 지낸 분이다. 부산에서 14년 동안 구청장으로 있었던, 그야말로 인간 승리의 주인공이다. 경남도 함안군 함안면이 그의 출생지다.

예춘자는 채낙현과 동향인이었다. 집이 서로 2킬로미터쯤 떨어져 있었는데 서로 왕래가 잦았다. 채낙현의 나이가 예춘자보다 훨씬 많아서 사석私席에선 아저씨라 불렀다.

채낙현이 한창 부산 시내에서 구청장으로서, 그 역량을 인정받고 있을 무렵이었다. 예춘자도 잠시 동구청 등에서 기능직 공무원으로 근무했다. 채낙현이 예춘자를 끔찍이 아꼈음은 물론이다. 그러나 뜻하지 않은 사고로 예춘자가 자리에서 물러나야 했는데, 채낙현이 그를 보살펴 주는 바람에 예춘자는 봉생 병원 뒤에서 전통 찻집을 낼 수 있었다. 말이 전통 찻집이지 실제는 인삼차, 구기자차, 생강차, 쌍화탕 등을 같이 내는 그런…. 물론 녹차나 보이차가 위주이긴 했다.

예춘자는 키도 훨씬 크고 인물이 워낙 아름다워서였을까? 찻집은 날로 번성해 갔다. 남편 길천수는 공립 중학교 국어 선생으로 재직하고 있었다. 그도 채낙현의 덕을 많이 보았음은 중언부언할 필요조차 없었다.

채낙현은 봉생병원장 정의화 박사와 친했다. 물론 다시 설명할 필요도 없이 정의화는 뒤에 국회의장으로 공직 생활을 마감했는데 그는 채낙현을 깍듯이 대했다. 가물에 콩나 듯 했지만 정의화와 채낙현은 그 뒤 몇 번인가 예춘자의 찻집에 들렀다. 그들의 화두에 수필이니 데뷔니 하는 말들이 섞이는 걸 예춘자는 듣는다. 어느 날 채낙현이 예춘자를 불렀다.

"정의화 의원은 국회의원이기도 하지만 수필가야. 봉생병원장이신 걸 너도 알지?"

"그럼요. 두 분이 가끔 수필을 이야기하시더군요."

"어때? 너도 수필을 한 번 써 보고 싶은 생각 없어?"

"저 같은 게 뭐….."

"과공은 비례. 난 초등학교 졸업이 학력의 전부야. 그런데 수필집도 몇 권 냈고, 한글학회 부산지회장이잖아? 넌 방송대 졸업이고, 인상이 워낙 좋아 데뷔하면 문단에서도 호감을 얻을 거야."

그게 인연이 된 것이다. 가끔 그렇게 만난 채낙현에게서 수필 창작법을 배워서, 2년 만에 부산 문인협회에 이름 석 자를 올리게 된다. 이윽고 한글학회에도 가입했음은 물어보나마나. 여기저기 동인회에 글을 발표하자, 채낙현은 어느 날 그에게 〈부산시보〉를 한 장 내밀었다.

"일주일에 한 번씩 나오는 시청 기관지야. 여기 '주간 사설'이라고 있지? 사설辭說은 '사설시조'의 그 사설이야. 말씀 사(辭) 말씀 설說, 그저 수필 비슷한 거라고 생각하면 돼."

"한데, 이걸 제게 왜 보여 주시는 거지요?"

"네가 원고 심부름 좀 하라는 뜻이야. 너 컴퓨터 다룰 줄 알잖니? 나하고 의논하여 필진筆陣을 구성하고, 그로부터 원고를 받아서는 편집부로 보내 주는 일을 좀 하라는 뜻이야."

"그 어려운 일을 제가 어떻게 해 나가지요?"

채낙현은 정색을 하고 말했다. 예춘자 가게에 많은 명사들이 모여드니, 그들에게 가끔 작설차 한 잔씩 대접하면서 부탁해 보라는 것. 자기도 가끔씩 친구들에게 청탁하마고도 했다.

그게 예춘자가 무려 36개월 동안 〈부산시보〉에 매달리게 된 동기였다. 과연 찻집을 찾는 인사들이 자연스럽게 〈부산시보〉의 '주간 사설' 고객 혹은 필자가 될 수밖에. 그는 수필가뿐만 아니라 다른 장르의 문인들과도 접촉의 외연을 넓혀 나갈 수 있었다. 한글학회 회원들이 출입하다 보니 그 지면은 점점 인기를 얻게 되었다는 게 시민들의 평이었다. 자기의 글이 실린 〈부산 시보〉를 수십 부 안고서는 지하철에 올라 승객들에게 나눠 준 원대권 수필가도 있었다.

그런데 애로 사항이 있었다.

필자가 약속을 도무지 지키지 못할 때가 있는 것이었다. 예를 한 번 들어 보자. 어느 교수가 학회 일 때문에 몇 주일 외국에 가 있게 되었다든가, 부친상을 당해서 도무지 시간을 내기 힘든 경우 등등. 그럴 때 비상수단으로 예춘자 '수필가'가 대타代打로 나서지 않을 수 없었다.

그보다는 컴퓨터로 받은 원고를 살펴볼라 치면, 오류가 너무 많다는 점은 그로 하여금 커다란 고민에 빠지게 하였다. 시민 대다수가 아는 필자가 있다 치자. 그런데 그의 글에 일본말 찌꺼기가 섞이고 맞춤법도 안 맞다. 정문正文이 아니고 비문非文인 경우도 많다. 눈살을 찌푸리게 할 정도로 외래어가 많다. 그걸 본인의 양해 없이 바로잡는다는 것은 상대방과의 인간관계를 그르치게 하는 원인이 되었고말고. 때로 호통을 당하기 예사였다.

그러는 가운데 36개월이라는 긴 시일이 지나갔다. 한 번도 결회缺回 없이 〈부산시보〉의 '주간 사설'은 시민들의 시선을 사로잡았고, '명문名文'을 접하는 시민들의 사랑을 받았다. 심지어는 군부대에도 〈부산시보〉가 가끔은 들어가게 되었으니, 5전투비행단 부단장副團長의 글까지 받았던 덕분이다. 그때의 긴박했던 (?) 상황을 몇 줄로 요약한다. 어느 부사관을 통해 부단장을 소개받고 의기투합했으렷다? 좋긴 한데 보안대의 검열을 받아야 한단다. 그 지침을 따를 수밖에. 원고는 팩스로 보내 주겠다고 했다. 한데 부대에서는 팩스 송수신이 불가하다. 부득이 이웃 덕도초등학교 서무실을 통해야 만 했다. 네 번을 그러는 동안 진땀깨나 흘렸다.

물론 일정액의 고료가 지급되었다. 당시로 봐서는 상당액이었다. 부끄럽지만 그걸 더러는 전액 예춘자에게 수고료라며 되돌리는 필자도 있었다. 물론 예춘자의 대타代打 몫(고료)은 고스란히 자신의 통장에 입금되었고.

돌이켜보면 그 시절 3년(36개월)의 피나는 노력은 예춘자에게 엄청난 성장을 안겨 주었다. 36개월을 주 4회로 환산하면 144회다. 그 많은 양의 원고 교정에 혼신의 힘을 쏟았으니 그건 천금을 주어도 못 사는 수련과 공부의 기회였다. 보다 나은 수필을 쓰게 된 데는 '주간 사설'의 힘이라고 고백하는 걸 그는 망설이지 않는다.

기적에 진배없는 일 하나. 부산 시장을 비롯한 시의회 의장 등 관계자는 물론, 동사무소의 9급 공무원에 이르기까지 대부분 눈치를 채지 못하게 비밀리에 그 일이 시작되었고 끝났다는 사실. 그 시종始終은 '군사작전'을 방불케 했다고 하자. 전직 경찰 공무원인 편집실장이 바뀌고 나서 예춘자는 그 무거운 짐을 벗을 수 있었다. 표창도 처벌(?)도 없는, 그냥 역사 속에 묻힐 일은 가끔 그에게 안도의 숨을 쉬게 한다. 하기야 그 눈물겨운 노력이 들통 난들 말이다. 시민들에게 해악害惡을 끼친 바 크지 않았으니, 결말은 흐지부지 되었으리라,

예춘자는 슬하에 1남 2녀를 두었다. 위로 둘은 딸이고 막내는 아들이다. 큰딸이 교원대학교를 졸업하고 경기도에 발령을 받은 게, 그가 경기도에 오게 된 까닭이다. 큰딸은 자손이 귀한 집에 시집을 갔는데, 연거푸 아들 셋을 낳았다. 연년생이다시피 한 녀석들을 돌보지 않을 수 없어 처음엔 무척 힘들었다. '타관살이'의 설움을 톡톡히 겪었고. 그래도 정이 들면 타향도 고향이라더니, 그러다 점점 낯선 고장에 적응하기 시작한 거다. 부산에 다시 둥지를 틀 날만 기다리며 지냈지만, 이젠 오히려 여생을 여기서 마치고 싶다는 생각을 하고 흠칫 놀란다. 참, 딸 하나는 경찰학교를 나와 부산 시경에서 경감 계급을 달고 있다. 아들은 고등학교 영어 교사 출신인데, 지금은 교육청 연구사로 있다. 두 녀석 다 경제 사정이 괜찮은 편이고, 녀석들이 낳은 예춘자의 손자 넷은 사돈들이 키워 주니 얼마나 고마운 일인가!

예춘자의 삶에 너무나 크고 의미 있는 일이 생겼으니, 〈실버

넷뉴스〉라는 인터넷 신문 기자 모집 소식이었다. 한국수필가협
회 부이사장으로부터 전화를 받은 것이다.

"예춘자 수필가님, 요즘도 '나그네 설움' 가끔 부릅니까?"

"예, 그래도 처음보다는 외로움을 덜 타는 편입니다. 부이사
장님 덕분입니다."

부이사장의 이어지는 말이 이랬다. 실버에 의하여, 실버를 위
하여, 실버가 만드는 신문이 있으니 거기 기자가 한 번 되어 보
라는 것. 예춘자가 자기에게 과분한 제안이라 사양했더니, 예춘
자가 옛날 부산시보 편집위원으로 있었다는 걸 들먹이는 게 아
닌가? 예춘자의 말.

"그건 사실입니다만, 문자 그대로 시장의 위촉장도 없는 어디
까지나 비공식 직책이었습니다. 물론 그 일을 하는 덕분에 다른
기사도 더러 접할 기회가 있었습니다만."

"바로 그겁니다. 그 노하우를 우리 신문에 좀 접목시켜 주시
지요."

이래서 예춘자는 전혀 상상도 하지 않았던 일에 맞닥뜨리게
된다. 사전 안내에 의하면 한 달에 한 번씩 수습 교육을 받는단
다. 다섯 시간씩이고. 물론 지원한다고 해서 다 합격하는 게 아
니고, 반 이상이 탈락된다고도 했다. 긴장이 됐지만, 예춘자는
편집국장의 권유를 받아들인다.

용인에서 교육장이 있는 왕십리까지는 지하철로 한 시간 거
리다. 도중에 갈아타지 않는 것만으로도 다행으로 여기고, 그는

첫날 교육에 참가했다. '16기 교육생 예춘자'라는 명찰을 달고, 사진 촬영이며 기사 작성 등의 기초부터 배웠다. 편집국장이 사전 일러 준 대로 교육자 출신이며 문인이 상당수였다. 패널로 텔레비전 방송에 출연 중인 경찰대학 교수도 모습을 드러냈다.

기사 작성은 그런 대로 예춘자에게는 수월했다. 요컨대 문장이 되느냐 안 되느냐 등의 구분이 가능했고, 어휘의 오용 구분, 맞춤법 및 띄어쓰기 등에 나름 일가를 이루고 있었기 때문이다. 그러나 사진 촬영은 역시 부담스러웠다. 물론 카메라가 아니고 스마트폰에 의지하는 거지만, 본래 기기 다루는 데는 항상 골머리를 앓고 있던 그였으니까.

과제물은 실버들이 많이 모이는 곳, 예를 들어 노인 학교 및 경로당, 그들을 위한 시책을 펴는 동사무소와 시청 등에 가서 '수습기자 명찰'을 달고 인터뷰를 해서 제출하는 것! 일흔을 넘긴 나이라, 솔직히 말하면 관공서 등에서 백안시를 당해야 했다. 동사무소 직원들을 붙잡고, 근래 보도 자료를 좀 내어 놓으라고 했다 치자. 그들은 드러내 놓고 표시는 않지만, 콧방귀 뀌는 표정을 예사롭게 보였다. 그게 일종의 수모로 받아들여졌고말고.

예춘자가 어쩌다 익혀 습관화 되게 한 그의 신조 내지 고집이 있었으니, '형용사 안 쓰기'였다. 신문은 사실을 사실대로 나타내는 매체다. 예를 하나 든다. "그 여자는 아름답다"는 문장을 보자. '아름답다'는 형용사. 그 아름다움의 정도는 어디에도 나타나지 않는다. 이런 문장은 어떨까? "그 여자는 '미스 아랑' 대회에서 1등을 한 미인이다." 하다못해 "그 여자는 고등학교 시절에도 인물 하나만은 타의 추종을 불허했다. 지금도 마찬가지다."

하여튼 그는 마지막 면접 때 노래 한 곡을 불러 합격의 영예를 누리는 데 도움을 받았는데, 그 곡목이 '한글날 노래'였다. 그로 말미암아 그는 기자 임명장을 받게 되었다고 해도 과언이 아니다. 너무나 뜻밖에도 경찰대 교수는 낙방의 고배를 마시고 말았으니, 기가 찬다는 후평後評이 아직도 동기 기자들 사이에서 오가고 있다. 아니 그건 수수께끼였다 하자.

아무튼 14기로 예춘자는 기자로 임명되었다. 따라서 그의 일상은 더욱 바빠질밖에. 처음 몇 달 동안은 부지런히 편집국장을 쫓아다녔다. 그가 시키는 대로 사진을 찍고, 기사 초안을 작성하여 그에게 컴퓨터로 보내면, 이윽고 출고出稿가 되는 것이었다. 그 순간의 기쁨이란! 수필을 한 편 발표하는 것과는 배가倍加되는, 계측 불가한 값어치였다.

예춘자에게는 또 다른 기쁨이 있었다. 자기의 문학 작품(수필)을 열두 장 안팎으로 신문의 '문화 예술관'에 발표할 수 있다는 점이었다. 고사성어를 자주 쓰다니 세종대왕이 불편해 할지 모르지만, 가끔 그는 혼잣말을 했다. 이런 걸 두고 금상첨화錦上添花라 한다고. 물론 자기 혼자에게만 해당 되는 게 아니고, 다른 문인 기자들도 마찬가지지만, 수필과 기사를 동시에 쓸 수 있다? 그의 삶에다 작은 날개를 하나 더 달아 준 거나 다름없었다.

그는 지하철로 취재원이 살거나 근무하는 곳 혹은 공간 가까운 역에 내렸다. 그러면 거기에 편집국장이 기다리고 있는 것이다. 하루 두서너 시간을 그렇게 보내기 일쑤였다. 이윽고 혼자서 취재가 가능해졌을 무렵부터는, 남편이 예춘자를 승용차로 실어다 주었다. 제일 멀리 간 것은 1사단 사령부가 있는 문산. 거기 86세 김춘기 예비역 중장이 살아 있어서다.

이처럼 편집국장과 예춘자는 각계각층의 인사들을 만났다. 특히 원로 연예인이나 문인, 예비역 장군이며 부사관 등의 근황은 독자들의 관심을 끌기에 충분했으니, 둘은 기를 쓰고 그들을 만났다. 몇몇만 예로 들어보자.

한국소설가협회 이사장과의 인터뷰는 협회 사무실에서 이루어졌다. 이사장의 최고 역저力著로 알려진 장편소설집 『논개』에 얽힌 여러 가지 사연들을 엮어서 다시 한 번 독자들에게 내밀기 직전이다. 워낙 거목이라 둘이서 역부족(?), 소협 이사이자 같은 기자인 변卞 작가도 합세했다. 도중 논개의 사진 자료가 부족하다는 결론을 내리게 되었다. 그러자 예춘자의 남편이 승용차로 당장 진주에 갔다 오는 게 아닌가?

우리나라에서 최초로 하이힐을 신었던 고故 금사향 가수의 인터뷰도 일산 요양원까지 가서 가수 생활에 얽히고설킨 이모저모를 수첩과 카메라에 담았다. 총 8회에 걸쳐 연재했는데 반응이 참으로 대단했다. 그의 '홍콩 아가씨' 중 '그리운 영란 꽃'이라는 가사에서 영란 꽃이 뭐냐고 물었더니, 은방울꽃이라는 대답이었다. 숙명여고의 교화校花라고 그가 덧붙였다.

'노란 샤쓰의 사나이' 주인공 한명숙 가수가, 수원시 팔달구 우만동 주공아파트 자택의 문을 열어 주기까지는 온갖 난관을 뚫어야만 했다. 좁은 방에서 셋은 가요사의 한 페이지를 장식하기에 바빴다. 62년도 그 아름다운 모습으로 팬들을 뇌쇄惱殺 시키던 한명숙! 전 국민의 사랑을 받던 그가 80대 중반이라니 믿기지 않았다. 셋은 또 '노란 샤쓰의 사나이'로 목소리를 높였다. 패티 페이지의 I Went To Your Wedding도. 한명숙의 발성은 만점이었다. 우리말로 가사를 적어 외웠다는 게 거짓말로 여겨졌다.

오기택도 빼 놓을 수 없다. 오기택 앞에서, 예춘자의 남편이야말로, 오기택 그의 진정한 팬으로 남아 있음을 강조해 이야기했다. 부관학교를 졸업하고 101보충대로 가는 십이 열차가 영등포에 닿았을 때 동승했던 전 병사들이 울부짖으며 노래했단다. ♬굳은비 하염없이 쏟아지는 영등포의 밤/ 내 맘속에 안겨오던 사랑의 불꽃…♬

그 밖에도 그가 단독 혹은 공동 취재한 기사는 여러 꼭지다.

저 유명한 배화여대 명예 교수 이유식 평론가, 대사大師 전문 연기인 박병호 탤런트, 차중락보다 '낙엽 따라 가버린 사랑'을 많이 부른 사촌형 차도균(철없는 아내), 나훈아 모창 가수 1호 김명창, 사극에서 그가 빠지면 팥소 없는 찐빵이란 한탄의 소리가 나오게 하는 한인수…. 그 많은 유명 인사 외에 한국 기록 보유자 노령 마라톤 선수, 마을버스 모범 기자, 배우는 기쁨을 아는 어느 경로당 등 평범한 이야기의 주인공도 수두룩하다.

아무튼 예춘자는 그 과정에서의 수확은 저울로써도 계량할 수 없고, 필설을 통한 표현도 불가하다. 그러다 보니 수첩에도 빼곡히 적어 남기고 컴퓨터 및 스마트폰에도 담게 되었다. 지금은 묻힌 자료지만, 언젠가는 여럿에게 도움을 주리란 확신을 갖고 그 일에 열정을 쏟는 것이다. 물론 정리가 잘 되어 있지는 않아도 누구든지 그걸 대하면 비명이라도 질러야 할 만큼 알뜰한 자료다. 그가 몇 군데 문학 단체의 카페에 일화 식으로 옮겨 놓은 것 중 일부다.

● 〈금도〉는 없다.

우리나라에서 우리말을 가장 그르치는 사람은 정치가들이다. 날마다 싸우기만 하고 자기 반성은 외면한다는 소릴 그래서 그들은 듣고 산다. 그들이 입에 달고 사는 최악의 단어는 '금도'다. 여야 할 것 없이 그들은 유식한 척, 나아가 마치 상대를 꾸짖듯 내뱉는 것이다.

"뭐라고? 그 당의 원내총무가 그런 발언을 했다면, 그야말로 '금도'를 벗어난 거야."

그들은 약속이나 한 듯이 마구 '금도'를 쏟아낸다. 금도? 이건 금할 금禁과 법도 도度로 이루어진 말이 아니다. 아무리 사전을 뒤져 봐라. 그런 금도禁度는 없다.

금해야 할 일정한 수준의 법도를 넘었다고 여긴 상대를 꾸짖는 뜻에서 썼는데, 천만에 말이다. 금도襟度는 소매 금襟과 법도 도度로 짝지어진 말로써 누가 잘못을 저질렀을 때, 너그러운 마음으로 감싸준다는 뜻이다. 뜻이 완전히 뒤바뀐 것이다.

● 우리나라 대통령이 북한군 의장대의 사열을 받아?

노무현이 북한에 갔을 때였던 것 같다. 당연히 김정일과 나란히 북한군 의장대 앞을 지나가고, 의장대는 최고의 경의를 표한다. 그걸 실황 중계하는데, 대통령이 북한군 의장대의 사열을 받고 있단다. 최악의 망발을 아나운서들이 쏟아내고 있는 것. 국가원수가 상대국의 의장대를 사열해야지(능동형), 거꾸로다(피동형). 세종대왕은 그 순간에 불같이 화를 냈으리라.

● 김정은 왈 "빙산의 일각입니다."

남북한의 화해도 좋다. 나 같은 늙은 기자가 왈가왈부한다면 지나가는 개가 웃으리라. 문재인과 김정은이 회동會同을 마치고 하는 말.

"오늘 참 역사적인 만남이었습니다. 이를 계기로 두 나라가 더욱 가까워졌으면 합니다."

"그러게요. 이건 '빙상의 일각'에 지나지 않습니다. 더 큰 경사가 앞으로 펼쳐질 겁니다."

김정은의 실언이라 해야 하나, 그의 어휘 실력을 탓해야 하나, 남북한의 언어에도 그만큼 간극이 있으니 그냥 넘어가자는 데에 동의해야 하나? 실로 어리둥절하고도 남을 일이다.

왜냐고? '빙산氷山의 일각一角'은 부정의 경우에만 쓰는 말이기 때문이다. 어느 범법자가 오랫동안 나쁜 짓을 해서 많은 돈을 모았다치자. 꼬리가 길면 밟히는 법, 끝내 그자는 경찰 당국에 적발되었다. 그의 횡령 액수는 수천억 원 될 것 같은데 밝혀진 액수는 150억 원. 그럴 때 '빙산의 일각'이라 하는 거다. 두 정상 간의 대화 때 세종대왕의 심경은 어땠을는지 가슴이 아프다.

● '…적的'과 '…인因하여', 그리고 '…에 대對하여' 적게 쓰기 전 교육부 장관이 이야기 했다. 다음 교육 과정 개편 때 '…적的'과 '인하여', '…에 대하여' 등 일본식 표현의 찌꺼기를 줄이겠다고. 초등학교부터 점점 개선해 나가려는 의지였다.

한데 그런 작업을 시작하기도 전에, 그 시책은 없던 일로 하고 말았다. 정권이 바뀌고 만 것이다. 세종대왕이 안타까워하는 가운데 오늘도 그 적폐(?)는 계속된다. 아래 문장을 보자.

"'코로나19'로 오늘 현재 6천 명 넘은 환자들이 사투를 벌이고 있습니다. 국가적 불행이요 재난입니다." 보다 '코로나19… 국가의 불행이요 재난입니다"가 훨씬 낫지 않은가?

가톨릭 기도 중에 이런 것이 있다. 세종대왕은 어느 편 손을 들어 줄까?

"성령으로 인하여 동정 마리아께 잉태되어 나시고…"

"성령으로 말미암아 동정 마리아께 잉태되어 나시고…"

● 내 남자 친구가 군대에 복무할 때, 사단장 표창장을 받게 되었다. 내게도 참석의 기회가 올 수밖에. 식이 시작되자마자 연병장에 모인 장병들을 지휘하는 중령이 우렁차게 외쳤다.

"사단장님께 대하여 받들어 총!"

왜 '대하여'가 끼이는가 말이다. 그걸 과감하게 빼고 다시 한 번 흉내 내어 보자.

"사단장님께 받들어 총!"

어느 것이 산뜻한가? 후자임이 분명하고말고.

여기서 일단은 컴퓨터를 꺼야만 할 것 같다. 정말 숨이 막힐 것 같은 예시例示들이 자그마치 1백 개나 꼬리에 꼬리를 물고 이어져 있어서다. 물론 본인도 회심의 미소를 짓고 있다. 세상에 드러내 놓는다면, 그 충격파가 만만찮으리라는 일종의 자긍심의 표출이기도 하자.

그렇다면 이 틀리기 쉬운 '우리말 및 외래어'의 조회 수는? 실로 만만찮다. 자신을 포함한 다른 회원들 각자가 올린 글은 많아 봤자, 200을 상회하기 힘들다. 그런데 예춘자는 거기다가 10을 곱한 거에 버금간다. 아니 훌쩍 넘기고도 남았다. 그만큼 많이 읽었다는 증거이고, 관심을 끌기에 충분한 소중한 자료이기도 하다고 본인이 긍정한다.

그런데 마지막 충격 두 개가 그로 하여금 민망한 표정을 짓게 만든다.

그 긴 원고에 달랑 댓글 하나가 달렸고, '좋아요' 즉 추천(하트 표)도 하나라는 사실! 한갓 장삼이사의 주장에 보내는 회원들의 일그러진 표정이 상상된다. 그런데 그 댓글이라는 게 웃긴다. 이름만 들먹인다 치자. 문인들의 반 이상이 그를 알아볼 사람인데…. 전국 문인단체의 장長이다.

잘 읽었습니다. 좋은 글 더욱 많이 올려 주십시오!

　그가 다시 한글날 경축식을 취재하러 갈 날이 머지않았다. 코로나가 종식된다는 전제 하에서 말이다. 그런데 한글날 노래 악보의 오류가 맘에 걸린다. 두 마디를 부르고 나서 반드시 숨을 쉬어야 하는데, 숨표 (')가 없다. 따라서 많은 사람들이 처음부터 끝까지 틀리지 않고 부르기가 힘들다. 주무 장관에게 사전 강력 항의, 바로잡는다. 자, 세종대왕의 표정은 어떨까?

　그의 맺는 말은 이렇다. 카페에서 2천 명 이상이 무언의 동의를 해준 '틀리기 쉬운…'을 소책자로 만든다. 그리고 이어 열리는 한글학회 행사장에서 배포한다!

　덧붙이는 마지막 그의 절규. 한글학회에서의….
　"코로나가 아니라 우한 폐렴으로 불렀으면 노인들에게 경각심을 주기가 쉬웠을 겁니다. 바이러스도 한가지 병원체 혹은 세균으로 했어야지요. 리노바이러스? 이건 코감기 세균이구요. '빅데이터'는 방대한 자료로 고쳐 써야 했습니다.
　단언컨대 세종대왕은 외래어의 낫용 혹은 오용을 염려하실 겁니다."

노무현과 황금심의 묘소

그제는 주일主日이었다. 성당 미사 참예參詣를 못 한 지도 몇 주 지났으니 참으로 답답함을 느꼈다. 이재현은 절망하며 중얼거렸다. 하느님도 '코로나19'가 내린 금족령禁足令을 어쩔 수 없으신 모양이구나. 그분이 현존을 증명해 보이셨으면….

그는 아침 뉴스를 틀었다. 모든 방송이 '코로나19' 상황을 내보내고 있다. 신음 소리가 절로 터져 나온다. 이러다가는 나까지?

하지만 별로 두려움은 없다. 웬만큼 살았다는 만족감을 가진 지 오래니까. 이제 이것도 하나의 타성惰性인으로 굳어졌는가 싶었다.

그런데 텔레비전 채널이 갑자기 자동으로 바뀌는 게 아닌가? 24번에서 111번으로. 제목을 얼핏 보니 '황금동'이다.

아내에게 왜 저런지 물어 볼 수밖에. 아내는 웃으며 대답한다. 막내 손자가 예약을 해 놓은 모양이라고. 100 이상 올라가면 시도 때도 없이 만화 프로를 내보내는데, 녀석이 무심결에 111에 맞춰 놓았다는 거다. 그러곤 아내는 거실로 나가 하던 일을 계속한다.

그런데 다음 순간 이재현은 자신도 모르게 고함을 지르고 말았다.

"와, 이럴 수가. 드디어 오늘 오랜만에 갈 데가 생겼다!"

소리가 좀 컸던지 아내와 딸 내외가 소스라치게 놀란 표정으로 달려왔다. 셋 다 눈이 동그랗다. 그는 약간 겸연쩍은 표정으로 텔레비전 화면을 가리켰다. 아내가 까닭을 몰라 어리둥절해한다. 딸도 마찬가지. 한참 뒤 사위가 던지는 말이다.

"'황금동'은 111번에서 방영하는, 중국 배우인 레이가 주연인 판타지 수사물搜査物이에요."

"그건 아무래도 좋네, 이보게. 황금동이라면 생각나는 사람이 있어."

"누구신데요?"

"황금심 가수야. 그분 가수 데뷔 전 이름이 황금동이었어. 자네와 함께도 가 봤잖은가? 천주교공원묘원 말일세. 남편 고복수 가수와, 먼저 간 그들의 아들도 가까이 잠든 곳."

그러고는 황금심 아니 황금동(호적 이름/ 천주교 본명은 마리아) 내외의 가족 묘소(묘원)를 찾기로 마음먹은 것이다. 준비라 해 봤자 『가톨릭 기도서』와 『복음 성가집』, 간단한 음향기기 등이다.

'부창부수夫唱婦隨'란 헛말이 아닌 모양이다. 아내 배차선도
어느새 옷을 갈아입고 머리를 매만지고 있으니까 하는 말이다.
성당 미사를 중단한 상태라 딸은 집에 있겠다는데, 사위는 동참
하겠단다. 그럴 때 사위가 더 좋다. 물론 손자 둘은 집에 남기로
했고.

이윽고 집을 나섰다. 아내가 묻는다.

"두 분 묘소 참배 얼마 만이지요?"

"지난 가을이었으니 다섯 달쯤 되는 것 같아. 재작년 겨울에
는 영하 19도 되는 날 박 서방과 가서 많이 떨었어. 황병기 가야
금 명인名人 산소에도 들렀었지."

"그땐 몸이라도 괜찮지 않았어요? 당신 회전근개파열과 오십
견 수술받은 지 겨우 다섯 달이고. 운전도 오랜만에 하는데 말이
에요. 박 서방한테 운전 맡기세요."

"천주교공원묘원 구석구석에 포장이 되어 있어 괜찮아. 지형
地形도 내가 제일 잘 알아. 왕복 두 시간이면 족해. 그리고 내 차
는 내가 몰아야 해요."

아내도 고개를 끄덕여 긍정했다. 날씨는 좋았다. 이윽고 공원
묘원 입구에 차가 닿았다. 꽃가게 몇 군데가 눈에 들어왔는데,
이재현은 단골인 '백합화 꽃집'이란 현판이 걸린 집의 문을 밀치
고 들어선다. 주인아주머니와 아주 자연스럽게 인사가 오갔다.

여섯 달 가까운 시일이 흘렀다는 둥, 코로나 바람에 장사가 잘 안 되어 어쩌느냐는 둥…. 아닌 게 아니라 평소와는 달리 주인아 주머니는 울상을 짓는다. 이재현은 위로의 말을 건넸다.

"자, 3만 원 짜리 꽃다발 세 개만 만들어 주세요."

"정말 감사합니다. 오늘은 더 이상 안 팔려도 좋겠어요."

묘원 관리 사무실에 들러 부산이 고향인 은기택 팀장에게 인사를 하고 곧장 차를 몰았다.

셋은 저 유명한 황병기 가야금 명인 묘소부터 찾았다. 몇 년 전 선종善終한, 한말숙 원로 작가의 남편이다. 거기서 셋은 묵주 기도를 바치고 복음 성가 '살아 계신 주'를 봉헌했다. **♬주 하느 님 (개신교는 '하나님') 외아들(개신교 '독생자') 예수/ 날 위하여 오시었네/ 내 모든 죄 다 사하시고/ 무덤에서 부활하신 나의 구세 주/ 살아 계신 주 나의 참된 소망/ 걱정 근심 전혀 없네/ 사랑의 주 내 갈 길 인도하니/ 내 모든 삶의 기쁨 늘 충만하네…♬**

이현재가 입을 열었다.

"정말 잊을 수 없는 복음 성가야. 오늘 따라 신상옥 안드레아 형제가 생각나네. 그의 테이프를 통해 내가 그걸 배웠잖아? 내가 다시 부천의 개신교 '경찰방송'에서 봉헌하다니 그게 은혜요 은 총이야. 같은 주님이신데, 그분을 믿는 신자들 간에 반목이 있으 니 서글퍼."

다음은 가까운 곳에 있는 최희준 가수. 그 앞에 서서 '살아 계신 주'를 어찌 빼놓을 수 있으랴. 셋은 서로 미소를 주고받은 뒤에 '맨발의 청춘'과 '하숙생'도 열창(?)했다.

그리고 셋은 곧장 황금심·고복수 내외의 묘 앞에 섰다. 마지막 남은 꽃다발을 놓고 향까지 피웠다. 묵주 기도 '환희의 신비'를 봉헌하는 가운데, '살아 계신 주'와 '주 날개 밑을' 부르려니 목이 멨다. 그럴 만한 특별한 사연이 있어서다. 참, 거기 가족 묘원으로 조성되어 있다. 동남아를 강타한 쓰나미에 휩쓸려 목숨을 잃은 아들 고병준의 묘소도 있다.

자리를 깔고 넷은 앉았다. 갖고 간 과일이며 과자 통닭들을 놓고, 소주를 따르곤 큰절을 했다. 그러자 이현재가 고복수의 '타향살이' 노래비 앞에 서더니 음향기기를 조작하고, 미리 만들어온 MR 반주를 재생시키는 게 아닌가! 전주前奏가 일정 부분 나오자 그가 목소릴 높인다. ♫**타향살이 몇 해던가 손꼽아 헤어 보니/ 고향 떠난 십여 년에 청춘만 늙었소// 부평 같은 내 신세가 혼자도 기막혀서/ 창문 열고 바라보니 하늘은 저쪽// 고향 앞에 버드나무 올봄도 푸르련만/ 호드기를 꺾어 불던 그 때가 옛날···**♪

그의 눈가에 이슬이 맺혔다. 타관에 온 지 십 년이기 때문이다. 부산에서 여기저기 노인학교에 수업을 다니면서, 그 많은 노인학생들과 목이 메던 노래였으니까, 어찌 보면 당연한 눈물이다. 잔디 위로 떨어지지 않는 게 되레 이상했다고 하자.

손수건으로 눈가를 슬쩍 훔친 그가 입을 열었다.

"오늘의 백미(?)를 내가 연출하려 해. 여보, 당신은 황금심 선생의 '낙화유정'이란 곡을 알겠지? 우선 그걸 내가 불러볼게. 부창부수요."

♬낙화 유정 뒷골목에 누구를 찾아/ 정든 고향 다 버리고 흘러온 타향/ 하룻밤 풋사랑을 화투장에 점을 치니/ 내도 날짜 애태우며 내도 날짜 애태우며/ 기다리는 여자라오// 칠보단장 베갯머리 나란히 누워/ 없는 정도 있는 듯이 아양을 떨며/ 하룻밤 풋사랑에 잘난 돈과 못난 돈에/ 짓밟히고 괄시받는 짓밟히고 괄시받는/ 나의 팔자 누가 알라…♬

한숨을 돌리는 겸 잠시 쉬는 사이 아내가 묻는다. '내도' 날짜라니 내도가 틀린 게 아니냐고. 화투 치는 화류계 여성이라면, 당연히 '2월 매조梅鳥'가 맞을 거라고. 하지만 이현재는 고개를 가로저었다. 처음엔 그랬을지 모르지만, '매조'는 일본말 찌꺼기라 '내도來到'로 바뀌었다며. '내도'는 소설가협회 이사장의 유권해석이기도 하다. 우리말 사전에도 나와 있는 말이라고. 누가 어떤 지점에 와 닿는 거라나?

그 다음에 그의 입 밖으로 흘러나온 노래는 예상 밖이었다. 서울의 어느 스튜디오에서 역시 MR로 만들어 온 반주에 맞추어 그가 목소리를 높였는데…. 까마득히 내려다보이는 사무실 근처에서 방금 차에서 내린 참배객이 고개를 든다. 나아가 그들은 뜻밖에도 손을 흔들었다. 다시 재생시켜 들어보자.

♪ ⌒꿈이었다고 생각하기엔 너무나도 아쉬움 남아/ 가슴 태우며 기다리기엔 너무나도 멀어진 그대/ 사랑했던 마음도 미워했던 마음도/허공 속에 묻어야만 할 슬픈 옛이야기/스쳐버린 그날들 잊어야 할 그날들/ 허공 속에 묻힐 그날들// 잊는다고 생각하기엔 너무나도 미련이 남아/돌아선 마음 달래보기엔 너무나도 멀어진 그대/ 설레-던 마음도 기다리던 마음도/ 허공 속에 묻어야만 될 슬픈 옛 이야기/스쳐버린 그 약속 잊어야 할 그 약속/허공 속에 묻힐 그 약속 ⌒ ♬

조용필의 '허공'이다. 그의 목소리는 그야말로 거침없는 절창으로 변환되어 바람결에 실려 낙하落下했다. 드넓고 높낮이가 이어진 천주교 공원묘원이, 궁창穹蒼 밑에서 긴 침묵에 빠져 엎드렸다고 하자. 마침내 이재현은 그야말로 정색을 하고 말했다.

"노무현과 내가 불렀었던 '허공'이야. 동향인同鄕人인, 한 살 위인 정풍송 선생이 가사를 짓고 곡을 붙인…. '허공'은 공전의 히트곡이고말고. '작사 정욱'과 작곡가 정풍송은 같은 사람이고. 주제가 민주화라는 데에서 우리 모두로 하여금 깊은 상념에 젖어들게 한다고 해야겠지."

배차선과 사위는 침묵을 지킬 수밖에. 이현재는 곧이어 폭탄선언이라도 쏟아낼 듯이 너무나 심각한 표정을 짓고 있더니, 다물었던 입을 열었다.

"4월 15일이 21대 국회의원 선거 날이잖아? 보름 남짓이면 투표를 해야지. 나는 이맘때면 언제나 몸살을 앓아. 2000년 4월 13일 16대 국회의원 선거 때로 되돌아가 보자구. 그로부터 20년이야. 16·17·18·19·20대에 이어 보름 남짓 지나면, 21대 국회의원 선거가 치러지지 않아? 모니카, 당신은 귀에 못이 박히도록 들었으니 한 귀로 흘리면 되고⋯."

아래에 재구성하여 옮기는 것은 고복수·황금심 묘소 앞에서 이현재가 이어 나간 이야기다.

"'노무현'이 반드시 들어가야 '20년 역사'가 증명이 돼. 노무현과 '허공'을 부른 적이 있거든! 거기에다 알파도 덧붙이고. 허태열도 등장해. 지금 여당대표인 이해찬 당시 교육부장관도 둘의 대화에 끼어들었어. 아 참, 제목을 하나 잡기로 하지. '노무현과 황금심의 묘소'⋯. 어때, 그럴싸해? 사람들의 관심을 끌기에 충분하냐는 의미야."

1999년 9월 1일에 이재현은 부산시 강서구 가락 초등학교에 처음 교장으로 발령을 받는다. 크나큰 애로 사항은 자기 승용차가 없는 데다 운전을 할 줄 모른다는 것. 하는 수 없이 버스를 타고 나와 도중에서 다른 직원의 승용차에 편승해야만 했다. 그만큼 힘들었다는 얘기다. 어느 날, 부산중고등학교 동창회 사무실에서 전화가 왔다. 사무국장이었다.

"선배님, 허태열 동창을 아십니까?"

"글쎄, 들어 본 이름 같기도 하고. 누구지?"

"17회입니다. 선배님의 3회 후배입니다. 16대 국회의원에 출마할 겁니다, 북 강서을 선거구에⋯. 형님의 무료 노인학교가 게리맨더링 적용을 받고 있어서, 그곳에서 이야기할 시간을 얻고 싶어 합니다. 행정고시 출신이고 서른아홉 살에 충북지사를 지낸⋯. 며칠 지나면 그분이 선배님을 찾아뵙겠다고 하는데 괜찮으시겠습니까?"

"나는 환영이오. 내 노인 학교야 토요일 오후라, 내가 교육 공무원이지만 남들로부터 이래라 저래라 간섭을 안 받아요."

게리맨더링? 사무국장과의 통화 중 그걸 설명했으나 아리송했다. 그래 노인학교에 두서너 번 봉사 활동을 한, 이동형 부장에게 물어 보기로 했다. 그의 대답이 이랬다.

"노인학교 주소가 덕천 1동(경로당 2층)이지 않습니까? 그곳은 북 강서갑 선거구입니다. 그런데, 교장 선생님의 노인학교에는 여기 강서구에서도 많은 노인학생들이 출석하는 줄 알고 있습니다. 그리고 상당수의 학생은 화명 1·2· 3동과 금곡동에 거주하는 분들이지요. 매주 토요일 오후 170명이 모인다면, '북 강서갑'에 주소를 둔 쪽과 '북 강서을' 쪽을 비교해 보면 반반이 될 겁니다. 그야말로 기가 막히는 곳에 노인 학교가 위치하고 있다는 결론이지요."

이동형 부장이 나가고 난 뒤 이재현 교장은 혼자서 생각에 잠겼다. 자신의 노인학교엔 구포 1·2동, 만덕 1·2동, 덕천 1·2동 등 '북 강서갑' 지역구 노인학생들과, 비슷한 수의 '북 강서을' 지역구 노인학생들이 출석한다. 게리맨더링이라니 절묘하단 느

낌이 들고 머리가 혼란스러웠다. '북 강서을' 출신 정형근 의원
은 이미 노인학교에 몇 번이나 다녀간 터다.

어쨌든 며칠이 지난 뒤 허태열이 교장실로 이재현을 찾아왔
다. 그는 노크를 하고 혼자서 문을 조심스럽게 열고서는 허리를
굽힐대로 굽혀 선배인 이재현에게 예를 표했다. 수행하는 이도
없이 말이다. 물론 운전기사와 비서는 승용차 안에서 기다리는
눈치였고.

"허태열이라고 합니다, 교장선생님. 뵙게 되어 영광입니다."

"말씀 많이 들었습니다. 굉장하시던데요?"

"원 별 말씀을 하십니다. 부족합니다. 앞으로 형님이라 부르
도록 양해해 주시지요."

이재현 교장이 약간은 의외라 여겨 답을 않고 고개만 끄덕였
다. 그로써 호칭은 '형님'으로 양해된 셈이다. 그는 물론 허태열
을 위원장이라 부르기로 했고말고. 노무현과의 일전―戰임은 입
에 올려 강조할 필요가 없었다.

허태열은 겸손했다. 하기야 표가 필요한데, '형님' 이상의 대
접이 어디 있겠는가? 허태열은 상대 노무현 후보를 깎아 내리지
도 않았다. 정작 실언(?)은 이재현의 입에서 터져 나왔으니, 그
로 말미암아 둘이 같이 배꼽을 잡았다. 그의 말이다.

"교직 사회에서 이회(해)창이 여론이 굉장히 안 좋아요."

"아니, 형님. 우리 당 총재님을 그렇게 욕하십니까?"

"아, 미안합니다. 이회창이 아니고 이해찬을 말하는 겁니다.

그가 장관으로 오는 바람에, 대학 교원들은 65세 정년 그대론데 초 중등학교는 62세로 낮춰졌습니다. 빨리 되돌려야 합니다."

"형님, 깜짝 놀랐잖아요? 하기야 이름을 부르려면 경상도 분은 힘듦을 느끼지요. 이회창과 이해찬. 하하."

이재현은 부산 중고등학교의 두 해 선배인 B 시의회 부회장 한테서 많은 걸 배워 오던 중이어서, 그 덕분에 허태열과의 기싸움(?)에서 상당히 깊은 인상을 주었으리라. B 부의장의 지론은 이랬으니까. 어떤 교장이 있다 하자. 어느 날 그를 교육장이 찾아왔다면, 교장석을 양보하지 않는다. 물론 뭔가를 아는 교육장이라 치자. 교육장도 교장석에 앉지 않는다. 교육감이나 교육부 장관이라도 마찬가지. 구청장이 동장석에 시장이 구청장석에 앉는 것은 상례이지만, 교장석은 오직 교장만이 것이다. 한데 그런 실랑이(?)를 차단하려는 속셈에서 이재현은 부임하는 날 교장석 자체를 아예 없애버렸으니, 그날 무언중에서도 허태열은 뭔가를 느꼈으리라.

하여튼 4월 첫째 주 월요일 아침이었다. 강서노인학교로부터 전화가 온 것이다. 프로야구 감독 강병철의 춘부장 강종수 어른이었다(아흔이 가까운데도 대저초등학교 동창회 회장을 맡고 있었다). 다가오는 목요일 열 시에 노인학교에 좀 나와 줄 수 있느냐는 거였다. 별다른 일정이 없어 그러겠다고 대답하며 무슨 일이야고 반문하였다.

"노인학교 개학(강)식이야. 강사 대표로 당신을 초청했어. 이

왕이면 수업도 좀 하고 말이야. 허태열과 노무현이 참석하니까 와서 멋진 시간을 이끌어 줬으면 좋겠어."

여기서 잠깐 강서노인학교와의 인연을 좀 소개해야겠다. 이재현이 초임 교감 발령을 대저초등학교에 받았었다. 얼마 지나지 않아 점잖은 차림의 노인들이 대여섯 학교로 이재현을 만나러 왔다. 이재현이 자신의 무료 노인학교를 6년째 운영해 왔을 즈음이었다. 〈경향신문〉이며 〈부산일보〉〈국제신문〉, 부산 MBC – TV, KBS – TV 등에 소개되었었던 자료를 그들은 갖고 있었다. 매주 목요일 오후 두 시부터 한 시간씩 노인학교에 와서 노래(주로 민요)를 지도해 달라는 게 아닌가! 학교장의 허락이 나야 한다니 그건 자기들이 책임지겠단다.

눈치를 보니 이미 교장실에 갔다 온 느낌을 주기도 했다. 그래서 자신의 노인학교 운영도 버거운데, 강서노인학교에 수업을 가외로 또 한 시간을 맡게 되었던 것. 꼬박 2년 반 동안 그렇게 강서노인학교에 거의 빠지지 않고 걸음을 했고 목청을 드높였었던 터였는데, 6년 뒤에 또 강서구 가락초등학교장으로 부임했던 거다. 이게 바로 시쳇말로 운명의 장난? 그쯤 해 두자.

어쨌든 두어 주일에 한 번은 거기에 나갔었던 터였다. 포복절도할 사건 하나가 섬광처럼 머리에 떠올랐다. 이재현은 대저초등학교에서 2년 반 있다가 멀리 부암초등학교로 옮기게 되었다. 이임 인사를 하러 노인학교에 갔더니 강종수 회장 왈,

"너 나쁜 놈이잖아? 교장 승진할 때까지 대저초등학교에 있기

로 철석같이 약속해 놓고서…. 여기 노인학교 수업을 어쩌라고?"

욕지거리를 그분이 퍼부어도 기분이 나쁘지는 않았다. 오히려 그 끔찍이 생각해 주는 마음씨가 눈물겨웠다는 게 정직한 표현이리라. 때리는 시늉까지 강종수 회장은 해보였다.

하여튼 근무상황부에 '출장'이라 기록해 놓고 택시를 하나 어렵사리 불러 강서노인학교로 부리나케 달려갔다. 이럴 때의 '기록'은 참으로 중요하다. 만약에 도중에 어떤 사고라도 난다고 치자. 무단 이석이 되기 때문이다.

이재현이 교실로 들어갔을 때 우레와 같은 박수가 터졌다. 함성의 크기가 이만저만 아니었다. 교실 안을 쩌렁쩌렁 울린 연호 또 연호. 이재현! 이재현! 이재현!

강서구청 관내 어지간한 기관장들이 다 모여 있었다. 구의회 의장과 의원 등도…. 놀랍게도 구청장 바로 옆에 이재현의 자리가 마련되어 있었다. 그 밑으로 몇몇 동장들이 앉았고.

항상 그래왔듯이 개학식은 국민의례부터 시작했다. 이재현이 지휘봉을 들었음은 물론이고, 애국가 선창先唱까지 했다. 애국가를 노인학교에서는 4절까지다. 노인학생들은 끝까지 따라 부르는데, 정작 기관장이나 내빈들은 갈수록 입모양부터 안 바르다. 그는 웃었다. 허태열과 노무현은 약간 더듬거렸고.

이윽고 식이 끝났다. 사무국장이 몇 가지 연락사항을 전하는 가운데, 허태열을 비롯한 몇몇이서 먼저 자리에서 일어났다. 그의 앞을 지나며 허태열이 하는 인사말, 큰 소리로!

"형님, 바빠서 먼저 갑니다. 형님 역시 인기 대단하시군요. 오늘 수업 잘하십시오. 그리고 이번 주 토요일엔 형님의 덕성토요노인대학에 들르겠습니다."

그때까지만 해도 노무현은 이재현이 어떤 사람인지 전혀 모르는 눈치였다. 그저 환갑을 앞둔 초로初老? 뭐 그 정도로 짐작됐겠지. 그는 속으로 그랬으리라. 허태열이 형님이라 부르다니 뭔가 심상찮은(?) 인연쯤은 있겠군 그래. 하기야 아까 내빈 소개할 때 초등학교 교장이라 했으렷다? 그래 두고 보는 수밖에.

드디어 수업이 시작되었다. 이재현인들 어찌 긴장하지 않을 수 있으랴. 천하의 노무현 앞이 아닌가 말이다. 하지만 그는 부르짖다시피 이 말부터 쏟아내었다.

"승진 발령받은 지 벌써 여섯 달이 지났군요. 여러분과 어깨동무를 하고 지낸 생활을 합하면, 교감 시절이 2년 반이니 모두 3년입니다. 우리 가락초등학교 학구 내 경로당은 다 들러본다는 계획이었는데, 어찌 그게 제대로 안 됐습니다. 미안합니다."

그러자 여기저기서 반응이 튀어나왔다. 아이고, 고마바라. 학교 일도 정신없을 텐데 노인까지 챙긴다면 빨리 늙습니데이. 덕성토요노인대학 일도 바쁘고 힘찬데…. 오기는 한 번 오이소!

이재현이 말을 이어 받았다.

"둔치도 경로당에 십 원짜리 고스톱을 치러간다고 약속했잖습니까? 학년도 초 바쁜 일만 끝나면 갈게요. 우리 학교 분교장

分教場이 있는 덴데….”

다시 박수가 터졌다. 여기저기서 노래 한 곡 부르라는 성화다.

이재현이 답한다. ♬낙화유정 뒷골목에 누구를 찾아/ 정든 고향 다 버리고 흘러 온 타향/ 하룻밤 풋사랑을 화투장에 점을 치며…♪

2절까지 구성지게 '낙화유정'을 쏟아낸 이재현이 말을 이어나가는데 기가 막힌다.

"부산중학교라면 영남 최고의 명문이지요. 조금 전 나간 허태열 후보는 그 중고등학교를 졸업했지만 저는 중학교만 거기 나왔습니다. 중학교 3학년 때 가라는 학교에 안 가고 나쁜 친구들과 어울려 2본 동시 상영을 하는 3류 극장에 드나들었습니다. 마침내 덜미가 잡혀 고향 밀양군 단장면 국전리에 유배(?)되었는데…. 말이 재수再修지 밤이면 밤마다 노래를 불렀습니다. 낮에도 마찬가지. 그때 유행하던 노래가 황금심의 '낙화유정'이었지요. 경주 이 씨 집성촌, 마흔 호 가까이 마을을 이루고 있었어요. 일가들이니까 처녀 총각들이 모이기만 하면 민화투나 '육백'도 쳤습니다. 황금심의 먼 질녀 되는 사람이 시집을 왔어요. 그때는 신부에게 노래도 시키고 이것저것 묻고 했지요. 그 형수가 어찌나 '삼다도 소식'과 '낙화유정'을 멋지게 불렀던지…. 저는 노인들과 고스톱을 치면서 이 노래를 계속 부릅니다."

돌아가는 상황이 심상찮은 걸 노무현도 눈치 챈 모양이다. 이재현의 괴짜 행색이 드러나는 순간이었으니까. 어느 노인학생 간부가 말했다.

"허태열 후보가 교장 선생님 보고 형님이라 부릅디다. 언제부터 호형호제하는 사이입니까?"

"제가 세 살이나 많으니 호형호제呼兄呼弟란 말은 맞지 않습니다. 그건 한 살 차이쯤 날 때, 서로 상대를 존경하거나 자신을 낮추기 위해 쓰는 말이지요. 절대 저는 허태열 후보를 형이라 부르지 않습니다. 허태열 후보도 저를 아우라 할 수 없지요. 만약 허태열 후보와 노무현 후보가 절친하다면, 나이가 비슷하니 호형호제할 수 있겠지요. 노래 한 곡 더 부를까요?"

학생들은 좀 어리둥절해 했다. 더러는 혼란에 빠지기도 했으리라. 답을 기다릴 필요가 없었다. 가락초등학교 바로 앞 죽림동에서 자라탕 전문점을 하는 최고령 구具 씨 할머니는 일어서서 박수를 보냈다. 이재현의 말이다.

"노무현 후보님의 애창곡이 더러 있는 줄 압니다. '외나무다리'와 '허공' 등등. 나머지는 생략합니다. 자 우선 제가 그 허공을 부르겠습니다. 노무현 후보님이 도와주시겠지요, 아니 2절은 노무현 후보님이 부르고 제가 도와드리지요."

♪ **꿈이었다고 생각하기엔 너무나도 아쉬움 남아/ 가슴 태우며 기다리기엔 너무나도 멀어진 그대……**♪♬

노무현은 노래보다 춤을 택했다. 하기야 이재현이 낸 첫 음을 따라 부르다가는 도중에 무리가 갈 거란 예감에서였는지 모르지만…. 끝날 때까지 노무현은 춤을 추었다. 어색해 보이는 그의 '관광 춤'이 자신에게 감표 요인이 되지는 않았으리라. 2절까지 끝나고 난 뒤, 학생들이 그에게 청한 곡은 '외나무다리'였다. '임을 위한 행진곡?' 노인학생들 앞에서 그런 걸 선보였다간 마구 표가 날아갔으리라. 하여튼 그의 노래 솜씨는 그런 대로 괜찮았다.

하여튼 열기가 조금은 뜨거워졌다. 한 번 발동이 걸리면 언제나처럼 이재현이 좌중의 분위기를 휘어잡는다. 그게 수백 수천 번에 걸쳐 이루어진 불문율의 산물이기도 하다. 부여된 시간은 40분. 이재현은 노래를 바꾸어 열창했다. 하나 더 예를 들자. 제주도 민요, '너영나영타령'이다. 노인학생들과 앞서거니 뒤서거니 하며. ♫︎**신작로 복판에 택시가 놀고요/ 택시 복판에 신랑 신부 논다/ 나냐 너냐 두리둥실 안고요/ 낮이 낮이나 밤이 밤이나 참사람이로구나// 물 길러 간다고 술 걸러 이고요 오동나무 수풀 속에 임 찾아간다/나냐 너냐 두리둥실 놀고요/ 낮이 낮이나 밤이 밤이나 참사랑이로구나** ♪

노인학생들의 목소리는 여기 잘못 옮겨 적었다. 그 시절 그들은 거의 모두 '택시'라 하지 않고 일본말 '하이야'를 동원시키는 거다. 거의 백 퍼센트 그렇다.

거의 수업이 끝날 무렵이었다. 어느 노인학생이 손을 든 것이다. 그리고 하는 말,

"허태열 후보는 우리 선생님 보고 형님이라 부르던데, 노 후보님은 그랄 수 없겠능교?"

정적이 흐르는가 싶었는데 순간 그건 깨어졌다. 많은 표가 자칫하면 날아갈 절체절명의 순간인데 그걸 마다할 만큼 어리석은 노무현이 아니었다. 귀엣말의 흉내를 냈지만 들릴락 말락 할 수준을 훨씬 뛰어넘는 크기로 그는, 이재현에게 정겨운 한마디를 던졌다. 혀ㅇ님.

선거에까지는 많은 일화가 있었다. 명덕초등학교 운동장에서 허태열의 유세가 있었다. 그가 단상에서 열변을 토하는데 가까이 서서 듣고 있던 이재현 옆에 정형근이 다가왔다. 그냥 성원차 온 거다. 정형근이 이재현에게 말했다.

"학장님, 저 친구 너무 지역감정을 조장하는 내용을 거침없이 토해 내는 것 같습니다."

"…."

화명동 시영 아파트에 노인학생들이 워낙 많이 산다. 그들이 몇몇 가까이 달려오더니 알은체를 했다. 키가 작지만 야무지고 아름다운 정형근의 부인도 한데 어울려 담소를 나누었다.

이튿날 밤이었을 거다. 노무현의 저녁 유세가 있었던 것은. 이재현이 사는 금곡동 한솔 아파트 근처의 어린이 놀이터에서였다. 노무현은 허태열과 연설 내용에 있어서 그 간극이 컸다. 지

역감정은 망국亡國의 길임을 강조했다. 역시 시영 아파트의 노인 학생들이 두서넛 이재현을 둘러싸고 있었다. 끝나고 나서 그가 노무현 가까이 갈 수밖에. 한마디씩 서로에게 던졌다.

"수고 많으셨습니다. 노무현 후보님."

"아! 학장님, 아니 혀ㅇ님…."

여기서 세 음절의 정확한 표기는 상상에 맡기자. 앞서의 경우도 마찬가지다. 그 따위로 누가 시비를 걸진 않겠지.

선거는 허태열의 승리로 끝났다. 허태열 40,464(53.22%): 노무현 27,136(35.69%). 표 차이 13,328! 허태열이 노무현을 거의 압도했던 것이다.

그런 뒤 이재현과 허태열은 급속도로 가까워지게 된다. 그도 그럴 것이 부산중고등학교 동창회에 이재현도 가입하게 되고 허태열은 어김없이 거기에 참석했다. 만날 때마다 허태열은 이재현을 형님이라 깍듯이 불렀다. 동창회는 강서구와 북구 동창회를 합동해서 열기도 했다. 그 '형님'을 더 강조해 무슨 소용이랴! 여담이다. 부산중학교만 졸업했지만 이재현은 나중에 부산중고등학교 북구 동창회장까지 맡게 된다.

명덕초등학교장으로 자리를 옮긴 이재현이 퇴임하기 전까지만 해도, 여전히 그는 북구 관내의 여러 가지 일에 관여하고 있었다. 북구 문인협회도 창설하여 회장에 취임하고, 이윽고 북구 문화예술인협회장이라는 중책도 짊어진다. 덕성토요노인대학의 졸업식이나 정기 학예발표회도 북구청 대회의실에서 열곤 했다. 북구 민속예술제에도 관여해, 경찰악대에 반주에 맞춰 가곡도 소화시켰다. 공물貢物 하역 작업을 북구문화원 주최로 재현했는데, 낙동 민속보존회 여자 회원들 앞에서 상투를 틀고 홑바지 저고리 차림으로 뱃노래 앞소리도 불렀다.

연거푸 세 번이나 당선된 허태열의 대對 이재현 호칭이 형님에서 선배님, 그리고 교장선생님, 학장님으로 바뀌어져갔다. 우스갯소린데 그 중에서 이재현이 가장 듣기 좋아했던 호칭은 '형님'이었다. 그동안에 북 강서갑 국회의원은 정형근에서 박민식(재선), 전재수(현) 등으로 바뀌었다. 정형근은 8년 동안 그야말로 부지런히 노인학교에 드나들었었다. 그는 노인학교 발전에 큰 기여를 하였다. 1억 3천 9백만 원이라는 예산을 확보하여(특별교부금), 덕천 1동 경로당 2층에 조립식으로 서른네 평짜리 노인학교 공간을 마련해 주었던 것. 지금 와병 중에 있는 당시의 청장은 권익이었다. 그도 부산중고등학교 동창회 회원이었다. 정형근은 경남중 출신이었고.

이재현은 그렇게 힘든 일에 부대끼는 동안, 신병으로 말미암아 거의 식물인간에 가까울 정도로 고생하기도 했다. 그러나 기어서라도 토요일 오후엔 노인학교에 나갔다. 그러다가 겨우 건강을 회복하고 버텨내다가, 04년 8월 31일자로 정년퇴임을 한다. 44년 동안의 기나긴 교직생활의 막을 내렸던 것이다. 노인학교에 더 이상 매달릴 명분도 없어 스스로 옷을 벗었다. 만 21년!

안도의 숨을 쉬면서 그가 신음소리와 함께 뱉어낸 말은 이것이었다.

"원도 한도 없었다. 돈 관련 불상사나 말썽이 없었으니 얼마나 다행인가? 만약 그런 게 있었다면 21년을 견뎌내지 못했겠지. 언젠가 '노인학교 이야기'를 한 권의 소설로 쓴다."

다시 세월이 흘렀다. 모든 걸 내려놓아야 할 처지에 이재현은 다시 노인학교라는 거스를 수 없는 큰 물줄기에 휩쓸리게 된다. 천주교 부산교구 은빛 사목지원 단장이라는 직함을 하나 얻게 된 것이다. 그것도 노인학교 관계자들의 직접 선거에 의해 뽑힌, 거대한(?) 단체의 장長이다. 부산교구에 있는 천주교 성당 부설 노인학교의 강사를 발굴하고 지원하는 게 주된 업무다. 물론 어느 노인학교에 마침 강사가 없어 수업이 결손 될 염려가 있을 때는, 지하철이나 택시를 이용하여 부리나케 현장으로 달려가야 했다. 밀양이나 양산까지 부산교구의 관할 내에 있는 노인학교는 가리지 않았다. 한 시간에 5만 원이 강사료로 책정되어 있었다.

이런 일도 있었다. 사직 성당에서 열한 시에 수업을 마치고 지하철을 탄다. 구포에서 열차로 환승하여 밀양에까지 간다. 다시 택시를 이용하여 삼문동 밀양 성당 노인학교에 다다르면 엄마 아버지 봉안당에 인사를 드리고 나서, 노인학교에 내려와 밀양 아리랑을 부른다! 그러면 10만 원의 수입이 생긴다. 경비를 제하고 나서 8만 원을 아내의 손에 쥐어 주면 그 또한 기쁨이었고말고.

그러던 중 사범학교 동기동창 박건수 친구의 전화를 받는다.

"여보 이 교장, 당신 진영노인대학과 김해노인대학에 수업 좀 해 줘야겠소."

"뜬금없이 무슨 소리요?"

"알다시피 내가 교직 생활은 짧게 했지만 김해시청 공무원을 오래 했잖아?"

"그건 나도 알지."

"지금 대한노인회 김해지부 사무국장 일을 보고 있는데, 김해와 진영노인대학에 스타 강사가 부족해. 당신이 적임자야. 좀 도와주소. 매주 수요일 오후 두 시부터야. 60분 수업."

이래서 이재현은 김해시의 두 노인학교에 수업을 맡게 된 거다. 근데 김해 노인학교는 김해 노인회 사무실 바로 밑 1층에 있고, 진영 노인대학은 진영대창초등학교 도로 건너편에 있다.

김해 노인회 사무실로 올라가기 전에 반드시 경로당을 거쳐야 한다. 이재현은 곧장 그 문을 열고 들어가서 노인학생들과 십 원짜리 고스톱에 열중하기도 했다. 자기 동전 주머니도 하나 마련해 두고 있었다. 제 버릇 남 못 준다던가? 혼자서 그런 생각을 하고 고소苦笑를 날리기도 했다.

진영노인대학은 학생수가 1백 명이 훨씬 넘어 교실 안이 비좁다. 어느덧 일흔에 가까워진 이재현 자신으로 봐서도 남녀 학생 나이가 기껏해야 대여섯 살 위다. 비슷한 또래인들 왜 없으랴!

그 옛날 삼랑진에서 부산으로 통학할 때 안면을 익힌 듯한 남학생들도 더러 있어서 걸쭉한 농담을 주고받기 예사였다.

진영노인대학 학생들과는 그래서 정서가 부합되었다. 제2의 고향 삼랑진에서 한림정을 지나면 바로 진영 아닌가 말이다. 그 시절의 풍속도를 다시 후지厚紙 위에 옮길 수 있으리라는 자신감마저 은근히 생겼고 말고.

진영이라면 단연 노무현이다. 그리고 그의 모교 대창초등학교. 당시만 해도 소읍小邑이었는데 그 소읍의 초등학교가 한 대통령과 두 영부인 모교다! 그런 기가 막히는 사연을 기억하면서 수업을 했다. 물론 노래를 중심으로. 민요와 가요다. 그 즈음에는 동요 혹은 가곡은 지도하지 않았다. 삼랑진 출신 가수 남백송의 '방앗간 처녀'를 선보였더니 적잖은 학생들이 따라 부르지 않는가? 이재현은 쾌재를 부르짖었다. 그들은 그야말로 혼연일체가 되었다. 분침分針이 한 바퀴 돌도록 수업을 하면 이재현의 온몸에 땀이 흥건했다.

노무현과의 오랜 인연을 소개하지 않을 수 없었다. 부산 강서노인학교에서 비롯된…. 그리고 거기 얽히고설켰던 이야기로 그럴싸하게 포장도 했다. 자연스럽게 튀어나오는 노래가 '허공'이었다. '허공'이 그처럼 인기가 있다는 걸 비로소 절감하면서 수요일마다 거길 찾았다. 황금심의 '낙화유정'도 어느덧 진영노인학교 학생들의 애창곡이 되었다.

학생들은 노무현의 어린 시절이며 권양숙과의 결혼, 사법 고시 합격, 군대 생활 등을 화두에 올리더라. 물론 수업시간이 아니라 시작되기 전이지만 말이다. 그런데 그의 장인이 빨치산에 깊숙히 관계했던 이야기를 들으며 이재현은 몸을 움찔거렸다. 그의 장인은 면사무소에 근무했었는데 메틸알코올을 물에 희석시켜 마시다가 실명이 됐다고 했고. 그렇게 앞을 못 보는 그의 장인은 손바닥을 만져서 매끄러운 사람은 반동으로 취급 처형하게 했다는 것이 아닌가.

이재현은 중얼거렸다. 내 아버지는 1905년 생으로 노무현 장인보다 한참 먼저 태어났고 면사무소 호병계장으로 있었지만, 빨찌산으로부터 모진 곤욕을 치르지 않았던가! 노무현의 장인은 밀양농잠학교 출신이지만 내 아버지는 무학無學이었다.

그래도 '허공'은 불렀다. 워낙 학생들이 좋아했기 때문이다. 이재현은 그런 노무현의 사저私邸에 가고 싶지 않았다. 사범학교 동기들이 인근에 많이 살기 때문에 마음만 먹으면 식은 죽 먹기보다 쉬운 그 일을 애써 외면한 것이다.

그런데 노무현이 부엉이 바위에서 뛰어내렸다는 급보였다. 이재현의 입에서 튀어나온 말.

"불효를 저질렀다. 노무현은 그의 장모에게 참척慘慽을 겪게 했으니…."

당장 조선일보 독자 칼럼난에 원고지 10장 분량의 잡문을 기고했더니 그게 실렸다. 청소년들이 본받으면 어쩌려고 그런 짓을 했느냐는 인생 4년 선배의 일갈이요 질타였다. 댓글이 상당수 달렸던 것으로 기억한다.

노무현의 장례식 날에도 그들은 '허공'을 열창(?)했다. 그리고 독차 칼럼을 이재현이 읽고 학생들은 들었다. 그래도 이재현은 노무현의 사저에는 안 갔다. 대신 부엉이 바위에는 몇 번 다시 올랐다. 김해 친구 넷과 함께. 저 멀리 내려다보이는 노무현의 사저 둘레에는 동기 장번 친구가 중심이 되어 심은 장군차將軍茶 나무가 심어져 있었다.

그러다가 이재현 자신이 참척을 겪는다. 노무현이 아니었으면 그런 불행은 없었으리란 안타까움과 분노가 그를 휩싸고 떠나지 않는다. 동시대 같은 청천벽력을 안고 사는 부모가 자신을 비롯해 대여섯이다. 노무현을 두고 이재현이 백지 위에 그려본 부등식이 어쩌면 '애愛 증憎'에 가까울지 모르는 까닭은 자명하다. 그래도 그의 지역감정 타파를 위한 노력에는 긍정한다.

20년 세월에 길몽과 흉몽이 섞여 유수流水가 되었다. 하필이면 올해 4월 초 기나긴 개인사個人史를 회억하게 되다니…. 그게 설사 섭리라 해도 이재현은 너무 잔인하다는 느낌이 든다. 몸서리가 쳐진다. 듣고 있던 아내인들 어찌 눈물 아니 흘릴 수 있었으랴.

다시 정신을 가다듬고 말한다. 사탄(Satan) 코로나만 없었더라도 진영노인대학에 들러 한 시간 수업을 하고, 노무현의 모교에도 들러 머물다가 와야 하는데…. 그게 앞을 가로막고 있는 거다. 4월 6일엔가 개학을 한다? 코로나가 원수다.

이재현의 이야기는 여기가 끝이다. 시작부터 두 시간 이상 걸렸다. 내려오다가 김수환 추기경과 노기남 대주교 묘소도 여느 때처럼 참배했다. 조금 늦었지만 도중에 있는 식당은 외면하고 곧장 집에 가서 점심을 먹을 생각이다. 신음소리처럼 그의 입술을 타고 새어나오는 말.

"욕심을 보탠다. 진영에서 완행을 타고 삼랑진에 내려 옛집 앞을 지나 '오순절 평화의 마을'로 가서 사흘을 묵었으면…. 주일에 삼랑진 성당에서 오랜 인연이 있는 송기인 신부와 나란히 앉아 미사를 봉헌하고 말이야. 그 기회가 속절없이 날아가면 어쩐다? 아니 그런 불길한 예감 갖지 말자. 노무현의 장례식장에서 송기인 신부가 토한 절규가 아직도 귓전에 맴돈다. '주님, 죄인 노무현 유스토의 영혼을 받아 주소서!' 그렇다. 이 세상에서 죄인 아닌 사람이 어디 있는가? 노무현은 송기인 신부로부터 영세領洗했었지. 노무현이 선종하고 난 뒤, 난 그의 기일에 맞춰 연미사(煉missa)를 넣어왔다. 내 충정을 저승의 노무현도 알 거다."

한숨 돌린 그가 다시 마지막 한마디를 덧붙인다.

"난 어느 누구보다 자주 현충원에 들렀지만 국가 원수의 묘역에 발걸음하지 않았다. 무슨 뜻? 노무현도 예외일 수 없음을 강조한다. 그런 껌목이 못 된다는 자괴지심인들 왜 없으랴."

가장 큰 한가지 同 자

여든에 다섯 살이 모자란다. 옛날 같으면, 그야말로 뒷방 늙은이 소릴 들을 만하다. 그런데 이李아무개, 지금이 그 나이다. 그가 이고 진 짐이 보기에도 만만치 않으니 어찌 걱정이 아니 되랴. 하지만 그게 한갓 기우杞憂라고 그가 큰소리친다.

세상 참 안 고르다는 푸념도 예서제서 터져 나올밖에. 거짓말 같지만 그의 신체 나이는 60대 중반? 여러 병원에서 많은 의사들이 이구동성으로 전하는 그의 건강 지표다.

참, 그가 인터넷 신문 기자임을 밝히자. 노련老鍊이 아니라 열성을 앞세운다! 이게 그의 좌우명이다. 그는 눈코 뜰 새 없이 바쁜 일상을 헤쳐 나간다. 저만치 떨어져 있는 제삼자도 그런 관전평(?)을 아끼지 않는다. 자신인들 구태여 그걸 부정해서 무엇하랴.

말이 나왔으니 말인데, 그는 스마트폰 하나 들고 사흘이 머다

하고 집을 나선다. 2박3일쯤 거뜬히 견디면서, 각계각층의 인사를 만나서 심층 취재를 하고 귀가하는 것이다. 간혹 외국으로 나갈 때가 있음은 미루어 짐작할 수 있다. 신종 코로나가 전국을 휩쓸기 전 보름 전에도 그는 캄보디아에 다녀왔다. 앙코르와트에 들러 벽에 부조浮彫로 형상화 된 투견－크메르 제국 때의 것－에 얽힌 옛 흔적을 찾아보기 위해서였다. 물론 주된 목적은 여행이었지만…. 그런 대로 수확이 있었고, 캄보디아 여기저기 견공들을 수십 장의 사진으로 담아오는 데 성공했다. 이윽고 한국 캄보디아 대사관을 방문할 계획이니 그 집념은 알아 줘야 하지 않겠는가? 서울 중구 세종대로 55 부영태평빌딩 14층으로 편지까지 내 났다, 얼마간의 시간은 필요하겠지.

한데 앞서 말한 대로 그는 지금 발이 묶인 채 바깥출입을 삼가하고 있다. 코로나 때문임은 두말할 나위가 없다. 하지만 코로나가 한풀 꺾이면 그는 부리나케 현관문을 열 생각이다. 제일 먼저 그가 찾을 곳은 충북 단양이다.

붉을 丹·볕 陽으로 쓰이는 그 고장, 그에게는 특별한 의미가 있다. 가톨릭 신자인 그는 김범우 토마스라는 순교자의 일생을, 나름대로 추적하는 걸 당면의 과제로 생각하고 있는 거다. 한데 이건 대단히 불경不敬한 짓이기도 해서 가끔은 몸이 움츠려지지 않을 수 없다는 데에 문제가 있기도 하다. 하기야 그가 몸을 담고 있는 신문은 정치와 종교와 담을 쌓고 있는 터라 세상에 파장波長을 크게 던질 일은 없다.

왜 그가 그 일에 관심을 갖게 되었을까? 섣부른 진단이지만 까닭이 있다.

그는 경남 밀양군 단장면이 안태 고향이다. 학교는 부산에서 마쳤는데, 삼랑진에서 열차를 이용함으로써 가능했다. 자, 여기서 상상조차 할 수 없는 닮은꼴(?) 하나를 화두로 내세우게 된다. 단장은 한자로 丹과 場으로 쓴다. 단양의 '단'과 단장의 '단', 둘 다 붉을 단丹, 같은 글자라는 말이다. 게다가 陽과 場은 닮은 꼴이다! 거기다가 기가 막히게도 둘 다 열두 획劃인 거다.

가톨릭 신자로서 누구든 순교에 어느 정도 관심을 가졌다 치자. 그는 부르짖으리라. 아하, 참으로 기가 막히는군 그래. 이게 단순한 우연의 일치라고 치부할 수 있을까?

여기서 무엇보다 먼저 김범우 토마스라는 분의 일생을 요약해야겠다. 그래야 여태까지의 밑도 끝도 없는 위 서두의 실마리가 풀릴 테니.

어느 해 봄, 삼랑진에 있는 김범우 순교자의 묘소에서 이아무개는 대구 대교구大教區 소속이라는 이상형 베드로 주임신부를 만나게 되었다. 그가 취재 차 거기 들렀던 것이다. 이상형 베드로 주임신부는 고향이 부산이라 했다. 둘의 짧은 대화를 옮긴다.

"김범우 토마스 그분이 태어난 해는 확실치 않습니다. 하지만 1784년 우리나라에 천주교가 전래된지 2년 뒤에 선종하신 것은 틀림없습니다."

"고문을 당하시기라도 했습니까?"

"우선 그분의 출신 성분을 보면 양반은 아니었고 역관譯官이었지요. 그런데 학문을 좋아하여 우리나라 최초의 천주교 신자인 이벽李檗의 권유로 입교하시게 되었습니다. 이승훈李承薰으로부터 세례를 받으셨구요."

"그런데 여쭤볼게 있습니다만…."

"말씀하시지요."

"저는 본관이 경주慶州입니다. 주임신부님의 이름 자 가운데가 '상相'인데 행여 우리가 종친이 아니신지 궁금합니다."

"맞습니다. 저도 경주 후인後人입니다. 형제님의 명함을 보니 종친이실지 모르겠다는 짐작을 하게 되더군요."

"앞서 말씀하신 휘자諱字 이벽李檗 토마스 할아버지의 본관이 경주라는데…."

"맞습니다. 그분은 독학으로 교리를 익혀서 천주교 신자가 되신 분이지요. 세례자 요한인 정지正之 김범우 토마스와 교유를 하셨던 겁니다."

베드로 주임신부의 이어진 말을 줄여 보면 아래와 같다.

이벽 세례자 요한은 이승훈李承薰 베드로를 북경으로 보내 세례를 받게 도왔다. 그는 돌아온 이승훈 베드로부터 권일신權日身 프란시스 사비에르, 다산 정약용과 함께 세례를 받는다. 어느 날 이승훈과 정약전丁若銓·약종若鍾·약용若鏞 삼형제 및 권일신

부자父子 등 양반, 중인中人 등 수십 명이 이벽의 설교를 듣고 있었다. 마침 그 앞을 지나가던 형조刑曹 관리의 급습을 받는다.

관리들은 도박 현장인 줄로 오인했던 거라나? 한데, 수색 끝에 어마어마한 것이 발각됐으니 예수 성상聖像과 천주교 서적들이었단다. 이를 모두 압수당하고 거기 모였던 사람들은 모두 끌려가게 되었다.

형조판서는 사대부 자제들은 돌려보내고 김범우와 최인길 만을 가두었다. 배교를 거부한 김범우는 끝내 단양丹陽으로 유배를 가게 되었는데, 형조에서의 받은 장형杖刑으로 1년 만에 선종하게 되었다. 그에게 한국 최초의 천주교 희생자라는 말이 항상 따르는 까닭이다.

그런데 그가 지금의 명동 성당 땅을 천주교에 기증하였더란다. 그가 남긴 흔적은 이래저래 자못 크다 하겠다.

주임신부가 덧붙였다. 이아무개도 들으면서 말을 섞었고.

"단양丹陽이라 오랫동안 전해져 왔습니다. 여러 가지 문헌에도 그렇게 기록되어 있어요."

"한데 왜 단장丹場입니까?"

"'양'과 '장'이 주는 어감, 한자漢字 획수, 두 한자가 드러내는 외양外樣 등이 비슷하거나 일치되기 때문이라고 은근히 의심들을 하지요. 2백년이 훨씬 전 얘기이니까요. 함부로 얘기하는 건 사제司祭로서도 조심스럽습니다."

"그렇겠군요. 지금도 인터넷 등에 들어가 보면 김범우 토마스 희생자의 귀양지는 단양이라고 곳곳에 나와 있습니다. 저야 한 갓 말단(?) 기자지만 추후에 단양에 한 번 가보고 싶습니다. 단장이 확실하다면 종교가 아니라 역사의 차원에서 바로잡는 일에 일조를 해야지요."

"형제님 아니 종친 아저씨는 생각 자체가 진취 지향이로군요. 제도 응원할게요."

이아무개는 그 이후에도 의문이 자시지 않아 혼자서 중얼거리곤 했다. 단양과 단장, 참으로 수수께끼이고말고. 아무 근거도 없이 단양이라 우기는 사람은 한둘 아니지만 무조건 그들을 또 윽박지르지 못하고말고. 못내 고개를 갸웃거리게 하는구나. 우연의 일치라고 치부한다? 그것도 기자로서의 올바른 자세가 아니니 낭패고 말이야.

그러나 그는 타관으로 이사를 하고 거기 정착하느라 분주해 단양을 찾지 못했다. 오히려 단장을 거쳐 삼랑진 김범우 토마스 묘소엔 두서너 번 다녀왔으니 사명감이 모자란다고 자책할밖에. 부산가톨릭문인협회 시절 회원들과 함께 그곳에서 미사에는 참예參詣했고.

여기서 이아무개가 잠깐 김경수를 들먹인다. 현재 경상남도 지사 말이다. 동同 자 하나를 들고서. 정치와 관련 없는 그가 김경수 운운하다니 어색하긴 하다. 그래도 그가, 그 한 자字로 김경수와 얽히고설킨 사연이 하도 많으니 베낄 수 없다. 이아무개의 외가가 김경수의 고향 인근이고, 어릴 때 외가에서 몇 달 자란 적이 있다.

그 언젠가 김경수가 특검에 불려나왔다가 귀가했다. 두 번이나…. 그런데 김경수는 당당했다. 들어갈 때와 나올 때 김경수는 시종일관 여유로웠다. 장미꽃 세례를 받고 미소까지 띠었으니 알다가도 모를 일이다.

이아무개는 독백獨白을 예사롭게 한다.

"김경수는 날 모르는데 나는 김경수를 잘 안다. 내가 노무현 생가엔 안 가 보아도 그가 생을 마감한 부엉이 바위에는 여러 번 올라가 봤다. 가며오며 어디선가 진영에서 김경수를 보기도 했지. 하지만 그게 이야기 중심이 아니다. 김경수는 한 가지 동同자와 너무 많이 더불어 산다."

자, 그 기가 막히는 첫째 예다. 우리는 근래 개천에서 용 난다는 말을 잘 안 쓰고 산다. 그런데 거짓말 같이 개천에 용龍이 났다. 이건 거짓말이 아니라 실제 얘기다. 시골에서 태어난 한 소년 김경수가 갖가지 벼슬을 하고 마침내 도지사에 당선되었다? 하니 호사가가 아니라도 개천에서 용 났다란 말이 튀어 나오기 마련이다.

재판 결과야 어떻게 날지 모르지만 도지사가 그에게 용이나 다름없다고 한들 누가 이의를 걸랴. 여기서 우리가 눈여겨보면 한가지 '동'자 앞에 흠칫 놀라게 된다. 김경수의 고향이 고성군

'개천면' '용안리'인 것이다. 이아무개는 회심의 미소를 지으면 한마디 보탠다.

"그거 보라구. 개천면은 한자로 어떻게 쓰는지 모르지만, 용안리는 용 龍, 눈 안眼일지 모르지. 슬그머니 등호(=)를 끌어다 쓴들 큰 착각은 아닐 걸? 항의하면 농담이라고 얼버무리면 될 테고."

김경수는 그 시골 초등학교에서 어렵게 공부하여 마침내 서울대학교를 졸업했다. 그 중간 과정 자체만으로도 미꾸라지 용 됐다는 평을 듣기에 마침맞다. 지금은 별 문제일 것 같지 않지만 그가 결혼할 때만 해도 규수가 같은 성 씨, 그것도 동성동본이라는 사실이 장애가 되기는 했으리라. 물론 부인도 동同 대학이었을 테니 '동문수학同門修學'을 한 셈이다. 동同 자 투성이 삶을 그는 살아왔다.

그런데 김경수의 변호인도 김경수란다. 피고인(?)과 변호사가 김경수다. 이 정도까지 왔는데도 아무 반응이 없다면 좀 둔한 사람이다. 법정에서 검사나 재판장도 헷갈리겠다.

노무현의 사저는 진영進永에 있다. 인구 3만 명인 진영읍은 김해시에 포함되는데, 김해시 의회에 김경수라는 의원이 있다. 72년 출생 김경수는 씨름 선수 출신 대학교수이고, 그보다 10년 먼저 태어난 김경수는 의사인 대학교수다. 인터넷에서 보면 대학교수인 김경수만 8명이고, 예술계 종사 김경수도 수두룩하다. 당사자들에게는 실례가 될지 모르지만, 흔해빠졌다.

우리나라에서 가장 많은 남자 이름이 따로 있겠지만, 인터넷에 떠 있는 김경수라는 동명이인이 자그마치 66명이더라. 한자가 같은 것까지라면 훨씬 그 숫자는 줄어든다 해도. 거기다가 그들이 대부분 유명 인사라는 데에 놀라지 않을 수 없는 것이다. 그 중에서 도지사 김경수가 제일 첫째에 사진과 약력이 올라와 있으니 과연 용龍은 용이다. 어떤 이는 그래서 무릎을 치며 아는 체 하리라.

"우리나라에서 제일 출세한 남자 이름은 단연코 김경수다. 어떤 좋은 이름이 있어 66명을 따라 잡을 수 있을까?"

김경수만 내세울 게 아니다. 이쯤에서 우리나라 모든 시도지사市道知事들과 동명이인인 사람들을 대충 세어 보자. 무순이다.

박원순(서울특별시장) 외 2명, 오거돈(부산광역시장) 외 0명, 권영진(대구광역시장) 외 16명. 이용섭(광주광역시장) 외 6명, 송철호(울산광역시장) 외 4명, 박남춘(인천광역시장) 외 1명, 허태정(대전광역시장) 외 1명, 이춘희(세종특별자치시장) 외 0명, 이재명(경기도지사) 외 12명, 이철우(경상북도지사) 외 32명, 김영록(전라남도지사) 외 10명, 송하진(전라북도지사) 외 2명, 충청북도지사 이시종 외 0, 양승조(충청남도지사) 외 0명, 원희룡(제주도지사) 외 0명 등등. 이철우 지사가 32명의 '동명이인'과 어깨를 겯지만, 김경수 경남지사의 반에도 못 미친다. 하기야 우리나라 성씨 인구가 김, 이. 박, 최, 정으로 이어지다가 인구수가 각 1명인 경우 빙氷 씨, 우宇 씨, 경京 씨, 소消, 예乂 씨까지 뻗치

더라만. 중에서 박 씨 성을 가진 시도지사 동명이인이 2명이라면, 수적으로 참패(?)이고말고.

여기서 우스개로 짚고 넘어가야 할 게 있다.

우리나라에서 가장 많은 남자 이름 순위가 이렇단다. 민준(2500명), 민재(2000명), 지훈(1581명), 현우(1581명), 준서(1485명) 등이 상위에 들어가 있다. 물론 성씨가 빠졌으니 별 신뢰감이 없지만 세상에 경수라는 이름은 코빼기도 안 보이니 어리둥절할밖에. 아무튼 김경수는 특이한 존재라 간주하자.

이아무개는 김경수에 비하면 정말 불우하게 자랐다. 묘하게도 그도 밀양군 단장면 태룡台龍초등학교를 졸업했다. 별 이름 태台라서 별 의미가 없지만 하여튼 용龍과 짝을 이룬 이름이다. 한데 그는 김경수처럼 용이 되지 못했다. 공부는 잘했어도.

그런데 이아무개에게도, 동同 자가 꼬리에 꼬리를 물고 따라다닌다.

그는 고등학교에 입학하여 2주일 넘게 무임으로 기차를 탄 적이 있었다. 당시만 해도 상당수의 통학생들이 그런 일쯤 예사롭게 저지르고 다녔다. 범일역에서 내리면 부산진까지 샛길로 빠져 나간 뒤 다시 버스를 갈아타는데, 소위 '패쓰'라는 승차권은 석 달에 한 번씩 끊었다.

그는 하도 배가 고프고 영화관에도 몰래 숨어들고 싶어서 형님에게서 탄 돈을 슬쩍하고서는 모험을 감행한 것이다. 기차는 공짜로 탄다! 실행에 옮긴 지 며칠 지난 어느 날 셋이서 같이 철길로 걸어 나가는데 건장하게 생긴 역무원이 무작위로 몇몇에게 패쓰를 보이라고 외쳤다. 그런데 그만 혼자 붙잡힌 것이다. 나머지 둘은 도망을 하고….

학교로 통보가 왔다. 당시의 교감 선생님은 무섭기로 이름났던 분. 복도 저쪽에 떴다 하면 학생들은 자취를 감추기 일쑤인 그런 분이었으니 어찌 이아무개가 무사할 리가 있었겠는가?

그런 교감 선생님이 주장하여 첫째이아무개에게 징계 처분을 내렸다. 학교 게시판에 그의 이름이 나붙었으니, 상급생들로부터 주먹다짐을 안 받았다면 제 그르다.

세월이 흐른 뒤 그가 교사가 되어 아내와 동同일 교에 근무했을 때, 담임을 했던 반 아이의 아버지가 학교로 찾아왔다. 그는 비명을 지를밖에. 패쓰로 그를 곤욕에 빠뜨리게 했던 옛날의 그 역무원이 아닌가? 무척이나 당황했던 걸 그는 오랫동안 잊을 수 없었다.

아이의 이름이 김경수였다. 같은 학교에 다니는 녀석의 동생은 김천수인 걸로 보아 수洙가 항렬자인 모양이었다. 물론 그 사실을 아이에게나 아이의 아버지에게 어떻게 발설할 수 있었으랴. 그저 꿀 먹은 벙어리가 될 수밖에.

'동'자의 진화進化는 거기서 끝나지는 않았다. 끈질기게 그를 따라다녔다. 국어학자며 교육자로, 수필가로 많은 사람의 존경을 받게 된 앞서의 교감 선생님에게까지 이어진다. 63년도에 출범한 한국 최고最古의 동인회同人會에 그를 불러 준 것. 그때가 85년도였으니 무의식 중에서도 신음이 나왔다. 게다가 거기엔 교감 후임인 문인갑 선생님도 있었으니 스승과 제자가 한 가지 동同을 쓰면서 자주 만날 수밖에. 두 분 은혜를 생각하면 그의 눈시울이 젖는다. 자신이 죽기 전에 두 분 묘소를 참배하겠다는 것이 그의 생각이다. 코로나여 물러가라. 그래야 두 분을 찾아뵙는다!

이아무개는 그런데 근래까지 곤욕을 톡톡히 치르고 있었다. 밤낮으로 전국 각지에서 수많은 사람들, 아니 문인들이 전화를 걸어오는 거다.

"이 선생님 그동안 안녕하셨습니까?"

"예, 감사합니다. 누구신지요?"

"목포에 사는 김건표 시인입니다."

거기서 그는 상대방이 불쾌하게 듣지 않도록 목소리도 부드럽게 하여, 차근차근 설명해야 한다. 같은 문인 아닌가 말이다.

"김 시인님, 원고 청탁 때문에 그러지요? 설명하지 않으셔도 잘 압니다. 실은 그 메일을 보낸 분이 따로 있거든요. 저와 그분은 동명이인입니다. 그분이 이미 오래전 폐간됐었던 『한글문학』을 복간시키기 위해 한국문인협회 회원 명부를 보고 전국의 문인들에게 메일로 원고 청탁을 한 겁니다."

"아 그렇습니까? 제가 새벽부터 큰 실례를 했군요. 용서하십시오.”

“괜찮습니다. 기왕지사 말씀드리는데, 그분은 시인이시고 저
는 소설을 씁니다. 나이 차이도 많이 나지요.”

한국문인협회 회원이 몇 명이냐 말이다. 해서 그는 그와 비슷
한 전화를 하루에 스무 통쯤 받기 예사였다. 듣기 좋은 꽃노래도
한두 번이라 했다. 반복해서 시달려야 하는 그로서는 지칠 만도
하다. 하지만 내색은 금물이다. 이런 소문이 문단에 퍼지면 몹쓸
사람이라고 욕먹기 십상이잖은가 말이다. 그들이 이구동성으로
입을 연다 치자. 그 친구 진짜 몹쓸 사람이야, 나이만 먹었지 전
화를 왜 그 따위로 받아?

일이 여기까지 이르렀을진대, 그를 아는 사람인들 왜 가만있
을까 보냐. 그들은 전자前者에 비해 몇 술 더 뜨기 예사다.

“이 작가님, 청탁하신 원고 메일로 보냈습니다.”

“손 수필가님, 헛수고 전화를 하셨습니다.”

“그 무슨 말씀입니까?”

“청탁한 사람이 따로 있어요. 이름이 같은…. 그분은 시인입
니다.”

“그럴리가 있습니까?”

“제 메일 주소는 leecandlee@hanmail.net입니다. 그분의 메
일을 한 번 보세요.”

지난해 여름부터 이런 실랑이(?)를 벌인 게 수백 번 넘었으리
란 게 그의 추정이다. 어떤 문학 모임에 나가면 여기저기서 두서

넋이 몰려와 원고 문제를 들먹인다.

어찌 그뿐이랴. 그의 문자 메시지며 카카오톡은 원고와 관련된 문의와 '가짜 답신-기일 내에 보냈다는-내용'으로 언제나 넘쳐흐른다. 받았던 문자 메시지 하나 소개하자.

이 작가님, 잘 지내시는지요?

멀리 떨어져 계시면서도 관심을 베풀어 주셔서 정말 감사합니다. 〈한글문학〉 원고 2월 4일에 보냈는데, 아직 확인을 안 하셨군요. 메일을 열어봐 주시기 부탁드립니다. 보람찬 나날 보내시기 기원합니다. 부산에서 문정화 올림

문정화 시인은 부산에 사는 문단 후배요, 시인이다. 시낭송에 일가를 이루고 있고 대학에서 강의도 한다. 정말 오랜만이라 반갑기도 해서 시인에게 전화를 넣었다. 안부가 오갔다. 첫째이아무개 메일로 2월 4일에 원고를 보냈는데 아직 안 열어 봤으니 어쩐 일이냐며, 다시 한 번 확인하느라고 결례를 했더란다. 설명을 하느라 그는 진땀을 흘려야 했다. 그가 덧붙인 내용이다.

"같은 이름을 가진 시인이 있습니다. 그가 문정화 시인님에게 원고 청탁을 한 겁니다. 혼선이지요. 제 메일 주소를 바꾼 지 오래됐습니다. 옛날에 lww54@lycos.co이었으니, 그가 거기로 청탁서를 보냈으리라 짐작됩니다. 저도 한국문인협회 회원이지만, 정작 저는 새 메일로 그 원고 청탁을 받지를 못했지요. 제 메일로 그가 소설 한 편을 보내 달라고 했다면 전화로 그 시인에게 문의라도 했겠지요."

그러고는 마침내 시인에게 제2의 동명이인, 그러니까 또 한 사람의 이아무개를 소개할 수밖에 없었다.

그 이아무개는 현재 대구에 산다. 경북대학교를 졸업한 후 중등학교에 교사로 임용되었다가 교장으로 정년퇴임했고, 1991년 〈농민신문〉에 수필로 등단했다. 수필집도 여러 권 냈고, 매월당 김시습 문학상 등 굵직한 상도 받았다. 1948년생이니 첫째이아무개보다 여덟 살 손아래다.

우리나라에서 유일한 종친 문학이랄 수 있는 『표암문학』 부회장을 맡고 있는데, 첫째는 거기 이사理事다. 그런데 경주 이 씨 중시조인 휘자諱字 거명居明 할아버지의 38세손이라는 사실이 한 가지 동同이 엮어낸 절묘함의 극치인 거다. 게다가 말이다. 둘은 상서공파라는 사실이 듣는 이로 하여금 탄성이 아니라 비명을 지르게 하는 거다.

생각해 보라. 교장, 경주 이 씨 38세손, 상서공파, 수필가, 표암문학회 임원, 항렬자를 땄으니 이름자가 완전일치를 이룬다. 참고로 밝히자. 재령 이 씨인 이름만 들먹이면 누구나 아는 한국 최고의 작가도 표암문학회 자문위원이다. 재령 이 씨는 경주 이 씨에서 분족分族된 성 씨인데, 그는 꼭 소설을 보내 『표암문학』 을 빛내 준다.

이아무개(용인 소설가)가 이아무개(대구 수필가)에게 전화를 낸 적이 있었다.

  "이 교장 보세요. 행여 『한글문학』으로부터 원고 청탁을 받은 적이 있소?"

  "아니요, 원고 청탁을 받은 적 없습니다만…."

  "그렇다면 다른 문인들로부터 그 비슷한 이야기를 들은 적은 있나?"

  "형님 말씀대로 원고를 청탁해 줘서 고맙다고 하는 전화를 받긴 했습니다. 그리고 그와 관련한 문의도 더러 하더군요. 저는 아니라고 손사래를 치고는, 형님께 여쭤 보라고 형님 전화번호를 일러 주곤 했습니다."

  "세상 참 묘하다네. 자네와 나는 문단에서 희한한 동명이인으로 소문이 나 있질 않소? 지금은 내가 소설 창작에 전념하지만, 우린 같은 시기에 수필에 매달려 있었고…. 자네는 내게 은혜를 주기도 한 인물일세,"

  "그게 무슨 말씀입니까?"

  "자네의 '주머니 없는 옷', 그 수필 말일세. 그게 수작秀作이고도 남거든? 그게 내가 쓴 걸로 널리 알려졌단 말일세. 그 외에 자네의 여러 가지 작품이 널리 읽히는 바람에 문단에서나 종친회에서 내 위상(?)이 제고되었다네. 전국에서 날 알아보는 문인이 그만큼 증가하기도 했으이."

  "원 형님도 별말씀을 다 하십니다. 그건 그렇고. 원고 청탁 사건을 일으킨 당사자, 아니 장본인(?)에게 전화를 제가 내어 볼까요?"

"그만두게나. 내가 그 일을 맡아 함세."

그런데 그 일이 쉽지는 않았다. 그가 사실 문학보다 신문 취재에 더 열을 내고 있었던 점도 그 까닭에 포함된다. 그런데다 전화번호 알아내기도 그렇게 쉬운 일은 아니었다. 모처럼 그 제 삼의 이아무개가 큰일을 하는데 꼬치꼬치 캐물으면 엄청난 결례일 것 같았고.

몇 달이 지난 어느 날, 그런데 실마리가 풀리기 시작했으니 그 또한 우연의 일치라 해야겠다. 그가 소설집 때문에 소설가협회 이李 부이사장에게 전화를 걸었는데, 상대가 열일곱 살이나 젊으면서 하는 대답 치곤 너무 뜻밖이다. 여기서 더 이상 뻗대(?) 봤자 헛일이다. 이아무개의 본래 이름을 따옴표 안에 등장시키자.

"이원우 시인, 어쩐 일이야?"

"아, 부이사장님. 저 소설가협회 이원우 이사입니다."

"아이고 선배님, 몰라 뵈어서 죄송합니다. 전 또 이원우 시인인 줄 알고…"

"잘 됐습니다. 본론은 다음에 또 이야기 나누기로 하고, 그 이원우 시인의 연락처를 좀 알고 싶습니다. 사실 그 친구 바람에 제가 요즘 굉장히 바쁘거든요."

"무슨 뜻입니까?"

"그 친구가 몇 달 동안 전국의 문인들에게 원고 청탁을 한 모양입니다. 나와 동명이인이라, 나에게 문의하는 전화나 메시지가 빗발치듯 하거든요. 이참에 그 문제를 짚고 넘어가야 할 것 같아서….."

"그러셨군요. 참 좋은 친구입니다. 하니 선배님, 설사 잘못이 있더라도 그를 지나치게 나무라지는 마시기 부탁드립니다."

"그럼요. 우연의 일치, 아니 한가지 동同이 얼마나 아름다운지 둘이서 즐겨 보기로 하겠습니다. 우린 이름 석 자가 동일합니다. 오랜 숙제를 푼 셈입니다."

자, 이제는 셋을 모두 이원우라 하고 나머지를 매듭짓자.

이원우 소설가는 그날 당장, 부이사장이 일러 주는 대로 이원우 시인에게 전화를 걸었다. 신호음이 가는가 싶더니 이내 상대의 음성이 들린다.

"예, 감사합니다. 저, 이원우입니다."

"반갑습니다. 안녕하십니까? 나도 이원우입니다. 허허."

"…..."

"놀랐지요? 당신과 나는 동명이인입니다. 『한글문학』을 복간한다고 노고가 많습니다. 원고 청탁을 전국의 문인에게 했다던데. 어때요, 잘 진척이 되나?"

"어려운 점이 많지만 문인들이 잘 협조해 주시는 덕분에 생각보다 수월하게 재창간호가 나올 듯합니다."

"그래야지, 우선 내가 이원우 시인에게 '하대'를 하면 어떨까? 이李 부이사장이 나보다 열다섯 살 아래고, 이원우 시인이 그 보고 형님이라 하니 말일세. 서른 살 가까이 나이 차이가 나니 권하는 말일세."

"당연하지요. 말씀 낮추십시오, 작가님."

"대구에 동명이인이 있는 걸 아나? 내 동생이지만, 그를 나는 존경하네. 어떤가? 자네도 나를 형님으로 부르는 게."

"그건 좀…. 제 나이가 이제 40대를 못 벗어났는데 작가님을 형님으로 부르면 불경스럽거든요."

"뒤로 미루세, 그건. 내가 『한글문학』에서 통해 늦깎이 소설가가 됐다네. 그 또한 기막힌 우연의 일치 아니겠나? 76년도에 『수필문학』을 통해 공식 수필을 발표하기 시작했던 이원우가 97년도에 『한글문학』 소설 부문 신인상을 받고, 다시 세월이 흐른 뒤 그 『한글문학』을 복간하려는 이원우 시인과 전화를 하게 되다니…. 내 손을 들어 주신 분이 서울대학교 구인환 서울대 명예교수이셨네. 그분이 지난번 선종善終하셨는데, 빈소에 문상을 못 갔지만 며칠 뒤 여기서 왕복 400킬로미터 떨어진 서천의 그분 산소를 참배하고 왔다네."

"차라리 경악했다는 표현이 맞을 듯합니다. 그 또한 단순히 우연의 일치가 아니라 여겨집니다. 옷깃을 여며야지요."

"70년도 초중반에 『수필문학』이란 수필 전문지, 그거 정말 굉장했어. 거기를 통해 문단에 나온 이가 정말 드물었어. 일 년에 초회 추천 혹은 천료薦了가 두 명 안팎이었지. 발행인이 김승우 교수였어요. 재정난으로 그게 정간되었는데, 한참 뒤에 강석호 수필가가 복간해서 이어 나오다가 지금은 그 아들이 바통을 받았다더군. 지금 경기도에『문학과 비평』이란 문학잡지가 있어요. 나도 거기 소설을 가끔 싣네만 진짜 수준이 높아요. 제법 오랜 기간 쉬긴 했지만 다시 발행하는 데 성공했어요."

"정말 감사합니다. 말씀 명심하여 혼신의 힘을 쏟겠습니다."

여태까지의 어쩌면 유머러스한 편일들을 모은 것보다 더 큰 한가지 동同의 충격파가 다음 말을 통해서 터져버렸으니 참으로 이 세상에 존재하기 힘든 가장 큰 우연의 일치다. 다시 이원우 작가가 물었다, 이원우 시인에게.

"자네 이름을 무슨 자 무슨 자로 쓰는가?"

"예, 저는 으뜸 원元, 비 우雨입니다."

"아니 이럴 수가! 문단에 같은 시대 몸담고 있는 세 명의 이원우! 그것도 장르는 다르지만 한자까지 동일하다니 문단사文壇史에 길이 남을 일 아니겠나?"

"예, 정말 모든 게 허상虛像의 세계에서 일어난 일 같군요."

"하나만 더 물음세. 자네 본관本貫이 경주 맞지?"

"아닙니다. 저는 전주 이 가哥입니다."

"아, 그렇다면 더더욱 놀랄 일일세. 본관이 경주가 아니라 전주인데도 으뜸 원, 비 우雨라니, 낙타가 바늘 귀를 통과하기보다 더 어려운 일을 우리 부모님들이 만드셨다고 해야겠네. 경주가 본관이라면 그럴 수도 있지만, 전주가 본관인데 자네 이름을 그렇게 지으신 선대인先大人께 큰절을 드려야겠네. 우리 셋 정말 예사로운 사이가 아닐세. 이건 섭리에 가까울 거고 우린 그 주인 공! '경주 이 씨 세 사람의 동명同名'보다 '경주 이 씨 두 사람+전주 이 씨 한 사람의 동명'이 더더욱 힘든 경우일 거야."

"저도 너무나 놀랍습니다. 앞으로 두 분 선배님 모시고, 열심히 배우며『한글문학』이 다시 이 땅에 뿌리내리도록 열과 성을 다하겠습니다."

"그래야지. 세 이원우 만세야!"

곧 셋이서 만나야 한다. 당위성이나 명분은 충분하고도 남는다. 그 일은 이원우 소설가가 주선할 일이다. 그 자리에서 그는 이원우 시인에게 명예 경주 이 씨로 위촉하고『표암문학』에 원고 한 편을 청탁할 것이다. 물론 이원우 수필가의 동의同意는 얻어야 한다.

이원우 소설가는 충동에 빠진다. 먹을 갈아 커다란 붓으로 묻혀 큰 글씨로 전지에다 한가지 동 자를 휘갈겨 쓰고 싶은 거다. 그리고 셋이서 우선 거기다가 서명하면? 기념이 될 것이다.

뒷날 재판이 끝나면 김경수 이름 석 자도 받아 둔다는 원대한 계획인들 왜 아니 못 세우랴!

그리고 단양 행 버스를 타는 것 또한 결코 예사롭게 치부할 일이 아니다. 한국 최초의 천주교 희생자 발자취가 어땠었는지 찾아보아야 하는 것, 기자의 소명으로 여겨야 한다. 코로나야 사라

져라! 이래저래 이아무개로 출발한 이원우 소설가의 일상이 바쁘게 생겼다. 참고로 덧붙이자. 인터넷에 뜬 이원우는 열아홉 명이다. 김경수의 예순여섯 명에 삼분의 일에도 못 미친다. 게다가 그들 세 이원우 중의 하나도 거기 끼이지 못했으니, 슬프고 안타깝다고 하자.

전설의 '개[犬]사돈'

김해구金海九는 1942년 임오생, 말띠다. '마지로馬之勞'가 그의 아호이고. 그는 영남 최고 명문 B중 · 고등학교를 졸업했다. 대학은 서울에서였고 유학도 갔다 왔다. 선대先代로부터 이어받은 중소기업체를 건실하게 운영하여 부를 착실히 축적했다. 사회로의 환원에도 게으르지 않아 평판이 참 좋은 인사였다. 동창회에도 발전기금을 쾌척해서 화제가 되었다. 성공한 기업가! 그의 이름은 부산 지역사회에 그렇게 회자되었고말고. 그는 부산 온천장 저택에서 살았다. 승용차는 당시만 해도 드문 이탈리아 피아트(FLAT)를 타고 다녔다. 포니가 가끔 택시 노릇을 할 때였으니 미루어 짐작이 간다.

그는 일찍부터 말을 좋아했다. 그래서 명마名馬라 불릴 만한 녀석들을 항상 두서너 마리 구입하여 제주도 목장에 두었다. 물론 관리인을 고용해서 녀석들을 돌보게 하곤 수시로 거길 찾았다. 회사일이 좀 신경 쓰이겠는가? 피로를 풀기 위해서라도, 그에게는 말이 필요불가결한 존재였으리라.

그는 독실한 기독교(개신교) 신자였다. 하니 교회 재정에도 적잖은 보탬을 주었음은 물론이다. 모든 기독교(개신교와 천주교) 신자들은 예수님을 임금 중의 임금으로 모신다. '주님'의 주는 임금 주主 아닌가? 어느 날 온천장의 어떤 유명 인사(김해구의 선배, 교회 장로)와 저녁을 먹다가 아호 이야기가 나온 게 '마지로'의 탄생 배경이었다. 선배가 김해구에게 아호가 뭐냐고 물었다. 없다는 그의 대답에 장로가 말하는 거였다.

"내가 하나 지어 줄까요? '마지로'가 좋을 것 같은데…. 말 마馬, 갈 지之, 수고로울 로勞. '견마지로'에서 '犬'을 떼어버린 거요. 임금을 위해 힘든 일을 마다하지 않는다! 그 동네 어린이들에게 승마의 기쁨을 제공하는 것 등이 조건입니다. 사랑의 실천, 예수님의 가르침을 좇는 겁니다."

해구는 반대 의견이나 거절의 뜻을 표할 수 없었다. 너무나 합당한 제안이었기 때문이다. 김해구(이하 '마지로'로 한다)는 그 아호야말로 하나님이 주신 섭리일지도 모른다는 생각도 했고. 70년대 중반에 있었던 일이다.

4월 초순 어느 날, 마지로 내외는 아침부터 부산을 떨고 있었다. 삼랑진읍 변두리 초등학교에 근무하는 어느 교사가, 발정發情한 암캐 셰퍼드를 한 마리 데리고 오는 날이기 때문이다. 그래

아들 장가드는 날이었다 하자.

좀 더 자세히 설명할 필요가 있겠다. 말 전문가이지만, 그는 2년 전부터 독일 세퍼드 수컷 한 마리를 키우고 있었다.

그 세퍼드는 독일로부터 직수입한 녀석이었다. 본 고장 독일에서 열리는 세계 세퍼드 견 전람회에서 지거(수컷 챔피언)와 지거린(암컷 챔피언)의 타이틀을 얻은 새끼로서, 각국의 애견가들이 탐을 내는 **빌(Bill)**이었다. 수천만 원이 넘는 거금을 투자했더라나? 어느 재벌과의 경합에서 그가 이겼다는 소문도 있었으니 더 강조할 필요가 없으리라. 그는 말에 못지않은 정성을 녀석에게 쏟았다. 녀석은 전람회를 온통 휩쓰는 최고의 명견으로 자라났다. 녀석이 24개월을 좀 넘긴 그날, **이자(Isa)**가 시집오도록 되어 있는 것!

서너 시간 전쯤이었으리라. 밀양에서 부산까지 운행하는 천일여객 임천정류소 풍경. 30대 초중반의 사내와 그보다 열 살쯤 젊어 보이는 학생이 버스를 기다리고 있었다. 한데 그들은 세퍼드 한 마리의 목줄을 쥔 채 초조한 표정을 짓고 섰다. 그 모습이 보는 사람들로 하여금 연민의 정을 느끼게 한다. 그들은 중얼거렸다. 저 녀석을 차에 싣는다고? 쯧쯧.

하나 그게 곧 현실로 그들 앞에 다가왔으니, 버스가 도착하자마자 세퍼드는 젊은이와 학생과 함께 재빠르게 승차한 거다. 기사가 먼저 인사를 했다.

"김 경감警監님으로부터 말씀 들었습니다. 운전 조심할게요."

부산까지 빨리 달려도 세 시간 거리다. 게다가 비포장도로라 사람이든 짐승이든 고통을 느끼게 마련이다. 하여튼 회사에 버스 몇 대를 넣은 김차호 전 경감(학교 육성회장)이 아니면 어림없는 일. 사내 이덕팔李德八이 말을 건넨다. 은혜를 어떻게 갚아야 할지 모르겠다고 말이다. 그러면서 그는 메고 있는 가방의 지퍼를 열어, 네댓 장의 헌 타월을 보여 주었다. 멀미에 대비한 거다. 기사는 고개를 끄덕이더니 한마디 한다. 굉장히 아름다운 옷(털 색깔을 가리킴)을 입었군요. 생기기도 최고구요. 이래봬도 제가 개를 좀 압니다!

기사가 이름을 묻기에 이덕팔은 **블루(Blue)**라고 대답했다. 기사는 블루라니 왜 형용사냐며 되물었다. 그는 천하의 애견가 대구고검高檢 사건계장한테서 분양받은 녀석인데, 그게 잘못이라고 동의했다. 가톨릭 신자인 자신은 새끼를 모두 고유명사로 하겠다고 했고. 수놈인 경우는 아담, 암놈은 안젤라 등으로 말이다. 그는 자기 견사호犬舍號가 Of Poros House라 덧붙였다.

너무나 천만다행이었다. 운전기사는 거듭 애견가로 자처하면서 자기도 셰퍼드를 몇 마리 기른다고 다시 강조했다. 그렇게 둘 사이에 점점 신뢰감이 쌓여 갔다. 견사호는 남에게 양도가 안 된다는 등의 신기한 화두話頭도 오갔다. 승객들도 이 별난 둘을 보고 더이상 거부감을 안 가졌다.

그러나 **이자(Isa)**의 시집 여행은 만만치 않았다. 도중에 일고

여덟 번 구토를 한 것이다. 몇 시간이나 굶었으니 그저 말간 침 정도를 뱉어낸 것으로 그쳤지만. 그럴 때마다 이덕팔과 조카는 허둥댔다. 수건은 동이 나고, 이덕팔은 러닝셔츠까지 찢어서 걸 레질을 할밖에. 그것도 부족하여 마침내 조카가 양말을 벗는 진 풍경이 벌어지고 말았다. 둘의 이마에 땀방울이 맺혔다.

버스 종점에는 김해구가 보내 준 자가용 피아트가 대기해 있 었다. 조카는 그대로 돌려보내고, 이덕팔은 **이자**를 데리고 그 차 에 편승했다. 갖고 간 빵과 음료수로 점심을 때웠고. 이윽고 차 가 온천장 김해구의 집에 도착했다. 김해구의 집은 대지부터 넓 었다. **빌**은 길길이 뛰고 야단이었다. 괴성을 뿜어냈고말고. 그도 그럴 것이 24개월을 며칠 넘긴 녀석이라, 개로서는 혈기 왕성하 고 가장 정력이 왕성할 때이기 때문이다.

그런데 정작 주인 김해구는 모습을 보이지 않는다. 이웃 목욕 탕에 갔다는 것이다. 나이 비슷한 젊은 사나이가 개 목줄을 들고 이덕팔에게 목례를 하곤 견사로 들어갔다. 이윽고 마당 구석에 있는 다른 견사에 **빌**을 집어넣고 문을 잠근다. 가까이 다가온 사 나이가 이덕팔에게 입을 연다.

"이길호입니다, **빌** 관리인. 미 공군 군견 훈련반 출신이구요. **빌**을 한국 최고 명견이자 훈련 챔피언으로 이름을 날리도록 혼 신의 힘을 쏟습니다. 오늘 일도 전적으로 제가 돕습니다."

"아, 그래요? 개 훈련사님을 생전 처음 뵙습니다. 전 이덕팔입 니다."

"두어 시간 기다리십시다. 신부가 멀리서 왔으니 안정도 취하게 해야지요."

이덕팔은 아무래도 좋다고 했다. 이길호는 **빌** 체취에 **이자**가 적응하게 해야 한다고 했다. 그러면서 **이자**를 데리고 조금 전까지 녀석이 머물렀던 견사에 넣고 손을 털었다. **이자**는 그의 보이지 않는 위세에 눌렸는지 꼬리까지 흔들며 다소곳이 시키는 대로 따라 했다. 그렇게 십 분쯤 지났을까? 야무지고 아름답게 생긴 젊은 부인이 나오더니 허리를 굽히고 인사한다.

"저, 김해구 씨의 아내입니다. 안에 들어가 차라도 한잔⋯."

이덕팔은 으리으리한 집 안 광경에 주눅이라도 들면 어쩌나 싶었다. 게다가 몇 시간 동안, 발정한 암캐를 데리고 시달렸던 터여서 온갖 냄새로 범벅이 되었을 게 아닌가? 해서 그가 잠시 머뭇거렸는데 괜찮다는 시늉을 하며 이길호가 그의 소매를 잡고 이끈다. 마지못한 표정으로 그는 양손으로 아래위 옷을 탈탈 털고 현관에 발을 들여놓았다.

집 안은 이덕팔의 상상보다 더 화려했다. 삼랑진이라는 소읍에서 태어났지만 두뇌 하나가 명석해서 B중학교에 진학해 기차 통학을 했던 그였다. 졸업 후 검정고시를 통해 교직에 들어와 10여 년이 지난 터⋯. 김해구의 부인이 스위치를 눌러 가스 불을 켜고 그 위에서 물을 끓여 무슨 차를 내놓는다. 이덕팔은 난생처음 보는 광경이었다. 바나나도 워낙 오랜만에 먹어 보는 것 같았다. 이윽고 주인이 돌아오는 모양으로 인기척이 들렸다. 현관문을 열고 주인이 말했다. 아, 귀한 손님이 오셨군요.

다음 경천동지할 상황이 이어지는 데는 몇 초도 안 걸렸다. 이덕팔이 일어서고 주인이 거실로 한 걸음을 옮기는 순간, 둘이 그 자세로 얼어붙었다. 동시에 터져 나온 말, 이거 삼랑진三浪津 덕팔이 아닌가? 아, 혁주. 중학교 3학년 때 같은 반 친구! 세상에 이럴 수도 있다니….

김혁주 아니, 김해구는 개명改名을 했다고 했다. 얼마 만인지 손가락으로 세어 보고선, 둘은 15년은 족히 된다고 입을 모았다. 한 반에서 늘 얼굴을 보며 지냈을 땐 둘 다 공부를 썩 잘했다고 했다. 그동안의 안부가 오가고 나서 해구가 갑자기 존칭을 섞어 하는 말이다.

"우리 이렇게 하면 어떻겠어요? 우리 애견가니까…. 긴 세월도 흘렀으니 심기일전합시다. 옛 친구가 아니라 새로운 개념에의 접근을 위해 서로 사돈이라 불렀으면 합니다. '개 사돈'의 역사를 새로 쓰자는 뜻이지요."

이덕팔도 그거 멋지다 싶었다. 더구나 이미 '하대下待'를 그가 거두어들였음에야! 동의를 할 수밖에. 그래서 '전설의 개 사돈'이 탄생한 거다.

20분이 지났을 무렵 초인종이 울렸다. 낯선 여자가 보인다. 누구냐고 물었더니 **이자**의 엄마란다. 여자는 이덕팔의 이름을 들먹였다. 문이 열렸다. 근데 이덕팔의 아내 손에 들통이 들려 있다. 달려나간 안주인이 뭐냐고 물었는데 대답이 기가 막힌다.

걱정되어 소고기를 넣고 쌀로 죽을 쒀 왔다는 것.

당연히 이덕팔의 아내도 거기에 합석했다. 누가 봐도 미인이었다.

이야기꽃이 필 수밖에. 시골에서는 사료 구하기가 힘들다고 그가 고백했다. 쌀 싸레기를 방앗간에 부탁하여 싸게 사서, 거기다 갈치대가리 따위를 섞어 삶아 준다는 얘기에 모두들 가가대소했다. 운동을 시키다가 자전거에서 떨어져 개골창에 빠지기 일쑤였다고도 했고. 김해구가 질문했다. 이덕팔더러 아호를 뭐라고 쓰느냐고. 시골 선생이 아호가 있을 턱이 없다고 대답할밖에. 김해구의 말이다.

"저는 '마지로'지요. '견마지로'에서 '견'을 뗀 말. 사돈지간이 된 기념으로 사돈은 '견지로'를 아호로 하시지요. 둘이 합치면 견마지로. 개신교와 천주교를 합하면 기독교니, 오직 주님께 충성하자는 약정約定이 될 수도 있지요."

덕팔은 하마터면 무릎을 칠 뻔했다. 신음소리가 절로 터져 나왔다. 그는 중얼거렸다. 한국 최고의 명견을 사위로 삼고 사업가 사돈까지 얻게 되다니, 세상에 이런 섭리가 있다는 말인가!

저녁 무렵이 되어서야 **빌**과 **이자**의 신방이 차려졌다. 교배 적기가 되어서 **이자**는 적극 반응을 보였지만, **빌**은 난생처음인 그 순간의 역할을 서투르게 감당할밖에. 몇 번이나 실패. 웃기만 하고 보던, 내로라하는 그 방면의 권위자 이길호가 거들어서야 성공했다.

영도影島가 처가인 견지로는 아내와 함께 제법 늦은 시각에 사돈의 집을 나섰다. 학교에는 다른 핑계로 연가를 이틀 얻은 터, 둘은 오랜만에 태종대 관광 계획까지 세웠다. 사돈은 한 번 더 교배를 시킨다고 했다. 질膣 안에서 정충精蟲이 생존하는 시간이 48시간, 그래야 완전 수태가 가능하단다. 화요일 새벽 자기 승용차에 태워 삼랑진까지 데려다준다는 약속까지 했다.

화요일 아침 드디어 만반의 준비를 하여 덕팔 내외는 사돈집에 갔다. 예상했던 대로 **이자**는 엄마 아빠가 ─ 애견가들에게는 낯설지 않은 호칭이다 ─ 너무나 보고 싶었던 듯 마구 날뛰었다. 한 시간 남짓 걸려 순조롭게 셋은 귀가했다. 여기서 잠깐! 결혼 몇 년 차인데도 내외에게는 자식이 없었으니, 둘이 **이자**를 사랑하는 마음이 어느 정도였는지는 미루어 짐작할 수 있다. 주위에서 그 둘을 보고 개 탓이라 수군대기도 했다.

이제부터 전설의 '개 사돈'에 얽히고설킨, 충격 그 자체인 이야기가 펼쳐진다. 개에 대해 문외한이라면 한 번도 경험하지 못한 세계에 빨려 들어가리라.

처음엔 **이자**로 하여금 철저하게 안정을 취하게 했다. 사료가 여전히 문제였지만 결코 보리쌀을 쓰지 않았다. 설사를 하기 때문이었다. 쌀 싸레기는 웃돈을 얹어서라도 구입했고, 십리 길을 멀다 않고 자전거를 타고 나가 갈치대가리들을 사 왔다. 거기엔 날카로운 이빨이 있어 도마 위에 얹어 놓고 식칼로 제거하는 작

122

업이 역시 힘들었다. 손가락이 찔리기 예사였고. 이윽고 사돈이 외제사료를 차에 실어다 보내 주어서 그 문제는 해결이 되었다.

두 달 이틀 만에 **이자**는 새끼를 순산했다. 수컷 세 마리, 암컷 다섯 마리. 그야말로 다산多産이었다. 온갖 정성을 쏟은 덕분에 어미와 새끼들의 건강이 좋았다. 사돈은 이길호 씨와 함께 수시로 자기 승용차로 올라와서 이런저런 걸 일러주었다. 그들이 하는 말이다.

"굉장합니다. 색소며 생김새가 최고의 수준입니다. 아무에게나 분양하지 마세요, 사돈. 제가 다 인수할게요. 교배료? 저 암놈으로 주세요, 허허."

너무 미안하다는 견지로의 말에 사돈은 손사래를 쳤다. 셰퍼드 계를 평정할 녀석들, 다시 말해 전람회 지거, 지거린 깜이니 되레 자기에게 영광이라고 강조했다. 그 진지한 표정을 견지로는 넋 잃은 사람이 되어 바라보았고.

마지로는 부지런히 계산기를 두드렸다. 암컷은 30만 원, 수놈은 20만 원씩 치잔다. 수컷 한 마리는 워낙 빼어나서 이길호가 10만 원을 더 얹어 주겠단다. 총액이 220만 원이나 되는 게 아닌가? 그 당시 교사의 한 달 봉급이 20만 원 남짓이었으니 실로 어마어마한 거금을 벌어들이는 셈이었다. 둘은 약속대로 석 달이 지나자 강아지들을 인수해 갔고 돈을 송금했다.

견지로는 갑자기 가난에서 벗어나 부자가 된 기분이었다. 약간 무리를 해서 일 년에 두 배씩 새끼를 뺀다? 녀석이 일곱 살 될

때까지 출산을 한다면, 어지간한 시골 집 몇 채 정도 구입 가능하지 않은가? 하늘의 도우심인지 그들의 계획은 순조롭게 진행되어 갔다. 이태 만에 견지로 내외는 사택 옆의 논 두 마지기를 구입했으니 더 말해 무엇하랴. 물론 땅을 북돋우는 데 비용이 들긴 했지만, 벽돌로 담을 두르고 개 운동장도 만들었다. 시냇가에 가서 굵은 모래를 싣고 와서 깔았다. 어미며 새끼들에게 불편함이 없도록 세심하게 배려했다. 그는 전근을 한다 해도 자전거로 통근 가능한 학교로 내신하면 된다는 생각을 하고 있었다. 그 성공담이 신문에 소개되는 바람에 적잖은 애견가들이 견학을 오기도 했다. 마침내 그 자신이 〈경남신문〉과 〈애견 길잡이〉에 고정 필자로 자리잡기도 했으니 금상첨화였고말고.

게다가 복음福音 중의 복음이 부부에게 들려왔으니 아기를 가지게 된 것이다. 면사포를 쓴 지 꼭 5년 만이었다. 게다가 아내도 그동안 공부를 하여 초등교사 자격 검정고시에 합격함으로써, 3년쯤 지나면 이웃 학교에 발령을 받을 수 있다는 희망에 부풀어 올랐다.

가끔 견지로는 온천장에 들렀다. 사돈과 이길호, 셋이서 온천장에 가서 대중탕에 몸을 담갔다. 사돈도 선대先代에서 사업을 일군다고 고생을 많이 했다면서 서민들 속을 파고들기를 좋아했다. 서로 때도 밀어주기도 한 다음 나와서는 소머리탕을 시켜 놓고 소주 한잔을 곁들였다. 비용? 견지로가 손사래를 쳤지만 막무가내, 언제나 사돈이 지갑을 여는 거였다.

대신 견지로는 새로 산 논에다 무농약으로 작물을 재배하여 사돈에게 그걸 충분하게 내려보내기 예사였다. 물론 유기농법, 아니 자연농법이다. 논 귀퉁이에 연못을 만들어 거기 미꾸라지를 사육해서 논에 방사했다. 미꾸라지들도 가끔은 부산행 피아트를 탔음은 물론이다.

그러나 '호사다마好事多魔'란 교훈을 그가 잊고 있었다. 견지로에게 다섯 번째 교배를 시켜 **이자**의 뱃속에 새끼가 들었음을 확인하고 환호성을 울린 건 어느 해 1월이었다. 초순 새끼들의 옹골찬 움직임이 손으로 감지되는 걸 본 그는 큰 결심을 한다. 좋다, 이번엔 너른 곳에서 새끼를 받아내자!

해서 그는 철공소에서 특별히 주문 제작해 뒀던 쇠창살 개집을 옮겼다. 앞서 이야기한 벽돌로 담을 두른 견사犬舍로 말이다. 그는 만반의 준비를 갖췄다. 무엇보다 날씨가 영하로 떨어지면 힘들다 싶어, 볏짚 한 동(백 단)으로 산실을 겹겹이 에워쌌고, 전기를 끌어다 큰 백열등 하나를 그 안에 달았다.

하필이면 그해 들어 제일 추운 날－영하 10도－이었다. **이자**는 오후부터 바닥을 긁고 입에 아무것도 대지 않았다. 게다가 안절부절못한다. 애견가라면 어미가 새 생명을 세상에 내보낸다는 신호인 걸 안다. 견지로는 서둘렀다. 소독된 가위며 탈지면, 실, 알코올, 생달걀 등을 바구니에 집어넣고 저녁도 거른 채 개집 안에 들어가 대기를 했다. 밤샐 각오다. 아내에게는 집에서 기다리라는 당부를 하고. 아내는 첫딸을 해산한지 몇 달 안 된 몸이었다.

녀석은 일곱 시쯤부터 출산을 시작했는데 30분 간격으로 깔아 놓은 담요 위에다, 한 마리씩 마치 무슨 물건이라도 던지듯 새끼를 낳는 게 아닌가? 그것도 계속해서 암놈 일색으로. 자정 무렵까지 여덟 마리! 달걀노른자를 몇 개 쟁반 위에 얹어 주었더니 **이자**는 그걸 잘도 먹어댔다. 그러고 나서 마지막 산통을 이어가는가 싶었는데, 신음소리와 함께 수컷 한 마리가 고고의 소릴 낸다. 아홉 마리! 새끼들은 어느새 어미젖을 빨아대기 시작한다.

한데 한 녀석이 젖무덤을 찾지 못한다. 견지로가 녀석을 돕기 위해 팔을 뻗고 일어서다가 그만 백열등에 머리를 부딪치고 말았다. 순간, 퍽 하는 소리가 나더니, 발화가 되고 짚단으로 불이 옮겨붙은 거다. 개집 안은 문자 그대로 아비규환의 아수라장이 되고 만다.

불이야! 고함을 그가 질렀지만 아무 소용이 없었다. 그는 화염에 휩싸인 **이자**의 네 다리를 붙잡고 개집 밖으로 끌어내려 했다. 그러나 불가했다. 녀석이 완강히 저항하는 거였다. 그도 그럴 게 미물의 자식 사랑이, 애정이 사람보다 강하지 않다던가?

소란의 현장에 먼저 달려온 사람은 교장 사택에 사는 식구들이었다. 견지로 사택보다 그 집이 더 가까이 있어서 그 소릴 들은 거다. 멋모르고 따라온 재래종견 깜순이가 이리 뛰고 저리 뛰고 야단이다. 사택 펌프의 물을 길어 대밭 사잇길로 날랐다. 몇 들통을 비우고 나서야 겨우 처참한 견지로의 모습이 드러났다. 그러나 아수라장 따위로써는 표현이 안 될 정도였다. **이자**와 새끼 아홉 마리가 주검으로 변해 있었던 거다. 무엇보다 견지로가 중화상을 입었다. 늦게 현장에 달려온 아내는 실신했고.

이튿날 연락을 들은 사돈이 황급히 달려왔고, 견지로는 영도의 어느 화상 전문병원에 입원을 했다. 다행히 방학이라 3주일 동안 입원한 덕분에 외관상의 상처는 어느 정도 아물었다. 그런데 온몸의 통증이 안 사라지는 게 아닌가? 깊은 밤 흉몽에 시달리기도 했다. 꿈인지 현실인지 구분도 안 되고, 어미와 새끼들의 소리 없는 아우성이 환청으로 변해 그를 괴롭혔다. 특히 들통에서 쏟아진 엄청난 양의 차가운 물이 만신창이가 된 노출 부위─얼굴 손, 목 등─에 닿았을 순간의, 그 지옥에서나 맛볼 듯한 이상한 느낌이 가시지 않았다. 환시에도 시달렸다. 계절이 바뀌고 성형 수술도 몇 번 했다. 정신과 의사는 차라리 따뜻한 나라로 가서 휴양을 하도록 운을 떼는 것이었다.

그는 그 권유를 따르기로 했다. 새 학기가 시작되기 전에 사표를 내고 태국으로 날아간 거다. 방콕에서 가까운 데에 조그마한 집을 하나 구입할 수 있었다. **이자**가 벌어 준 돈이 큰 도움이 되었음은 물론이다. 물론 사돈도 한몫을 했다. 장기 체류가 가능하도록 해 준 거다. 동기들이 외교부며 교육부에 많이 있어서 가능하다고 했다. 마침내 태국 국적도 얻었다.

몇 달이 지나 견지로가 조금씩 건강을 회복했다. 성형 수술도 계속해서 본래의 얼굴도 제법 되찾았다. 그런 중에서도 그는 개를 잊지 못했다. 제 버릇 남 못 준다는 속담을 생각하며 그는 미소를 지었다. 좋다, 개 용품점을 열자.

　태국엔 순종 견이 그렇게 다양하지 않아 수요가 적어도, 적게 투자한 그 사업이 얼마 지나지 않아 본 궤도에 오르게 되었다. 생활이 안정되어 갔다. 도중 날아든 희소식 하나. 교민회로부터의 공고였다. 한국인 학교에서 교사 모집을 한다는 게 아닌가? 매주 토요일 출근하여, 교민 자녀들에게 국어와 수학 등을 가르치는 것이다. 그는 거기 응모했고 채용이 결정됐다. 교사 자격을 가진 아내도 마찬가지. 2년씩, 두 번 연장해 총 6년을 거기에 근무했다.

　이윽고 그가 또 하나의 마수(?)에 걸려든다. 방콕에서 두 시간 넘는 거리에 태국 국견國犬이 살고 있다는 것. 약 360년 전 태국 고문서에도 등장하는 타이 리지 백 도그(Thai Ridgeback Dog). 태국의 자랑이라나? Ridge와 Back, 즉 등에 언덕처럼 털이 곤두서 있는 게 특징이다. 털 색깔과 길이, 뒷다리(비절) 모양만 빼고는 세퍼드를 닮았다. 성품도 그렇다. 꼬리도 쭉 뻗었고. 사역견使役犬으로서 그만이고, 천부의 사냥 능력 또한 마찬가지. 방콕에서 승용차로 두 시간 거리에 있는 그 지방에 견지로는 수시로 들렀다. 〈애견 길잡이〉(편집위원이었다)에 그 타이 리지백 도그를 여러 해 걸쳐 소개도 했다. 타이 리지백 도그의 권위자 강준혁 가이드(하나 투어)가 이런 정보를 그에게 전해 도움을 주었다. 그 견종은 태국 동부와 캄보디아 국경 근처에 위치한 푸꾸옥 섬에서 발견되었었다고. 외부와 단절된 지형 조건이 되레 혈통

고정에 기여했다고도 했다. 견지로는 이런 글을 쓴 적도 있다.

> 심심한 날 파타야 바닷가에 나간다. 밤낮을 가리지 않고서. '해운대 엘레지'며, '울며 헤진 부산항', '목포의 눈물', '바닷가'에서 등을 부르면 그곳 재래종 개들이 구름처럼 몰려든다. 녀석들이 좋아하는 간식들을 가게에서 가지고 나온 터라 그걸 마구 뿌린다. 얼마 지나지 않아 우리 모두는 친구가 된다. 하지만 리지백 도그는 안 보인다. 녀석들은 적어도 국견(國犬)이니까.(이하 생략)

세월은 그렇게 흘렀다. 태국에 정이 들대로 들었다. 한데 견지로가 또 모국의 인터넷 신문사의 방콕 특파원을 겸하게 됨으로써, 새로운 날개를 달았다. 특히 와치랄 롱콘 황태자가 자기 애완견에 중장中將 계급장을 달아 주었다는 일화 등을 그는 각색하여 보도하는 등 특종을 발굴했다. 태국에선 황실을 치켜세워 주면 큰 대접을 받으니 현지 평評도 그만큼 좋았다.

그런데 사돈 마지로 회장의 건강이 안 좋다는 소식을 몇 년 전부터 들어온 견지로였다. 황반변성이라 했다. 한쪽 눈은 상태가 아주 나빠 상당히 시력이 떨어진다는 소식이었다. 사돈 내외에 가까이 가보기 위해서라도 귀국을 결심하기에 이른 거다. 그 자신도 귀가 잘 안 들린 지 오래다. 이 시점에서 가장 보고 싶은 사람은 마지로 사돈 내외다.

그의 결심. 대북교민학교(한국인 학교와는 다름)에 파견 나가 있던 딸도 곧 기한이 만료된다고 했으니 이제 귀국하자. 딸은 대한민국 1급 정교사 자격증 소유자다. 교육부에 근무하는 사위 보스코의 고생도 계속 두고 볼 수 없지 않은가? 보스코 부모인 '진짜' 사돈 내외가 선종한 지도 몇 년이 지났는데, 밀양 성당 봉안당에도 못 다녀왔고…. 마흔 성상의 함수를 풀 때가 됐다!

견사호 등록증 Of Poros House를 견지로는 매만진다. Of Poros House의 영광― **빌**과 **이자**의 후손―을 찾아보려는 결심! 그 하찮은 종이 한 장마저 그로 하여금 가슴을 자못 설레게 하는 궁금증이다.

역시 코로나가 귀국을 미루게 하는 요인이다.

지금 태국은 한국보다 코로나 환자가 적으니까 하는 말이다. 태국보다 못한 방역체계며 의료시책 내지 수준? 그가 한숨을 쉬는 까닭이다.

등단, 그 잔인한(?) 함수

전금순에게는 너무나 소중한 자료가 하나 있다. 지금부터 20여 년 전에 어느 문화재단에서 발행한 『대한민국문인인명사전』. 손바닥만한 소책자小冊子다. 그게 뭐 대단하냐고 남들은 의아해하리라.

전금순은 그러나, 그걸 자나 깨나 앉으나 서나 부둥켜안고 있을 정도다. 따라서 그에게 그 값어치를 꼬치꼬치 따진다는 게 무의미할 수밖에. 한마디로 말해 그 외관은 형편없다. 낡을 대로 낡아서 한 페이지씩 넘기기가 조심스러울 정도가 되고 말았다. 하지만 그가 가끔씩 내뱉는 말이 이럴진대, 무심결에라도 들어주는 게 좋지 않을까?

"이 『대한민국문인인명사전』이야말로 나와는 떼려야 뗄 수 없는 사이, 내겐 보물이고말고!"

그의 『대한민국문인인명사전』 사랑은 아래에 적는 이야기로
도 증명되리라. 얽히고설킨 사연이 그 바탕에 깔려 있다.

  전금순은 충격 그 자체인 고비를 한 번 넘겼다. 남편을 여읠
뻔한 것이다. 오래 전 남편은 UNESCO 부산지회 업무와 관련된
스트레스 후유증으로 말미암아 끝내 심한 우울증에 빠졌고, 합
병증까지 앓게 되었던 거다. 남편은 하야리아 부대 민사처에 근
무하면서 유네스코 부산지부 사무국장 일도 보고 있었다. 그런
데 표창관계 서류를 몽땅 잃어버리는 바람에 소송에 휩쓸린 적
이 있었다. 그로 말미암아 신부전증을 앓게 된 거다. 아들이 신
장을 하나 떼 주는 덕분에 남편은 살았다. 그래도 남편은 오래도
록 일상생활에서 조심 또 조심이다.
  그 황망 중에 전금순이 머리에 섬광처럼 떠올린 것은 '장서藏
書 없애기'였다. 남편이 불행히도 이승을 떠난다는 가정을 했다.
학술 서적 같으면 대학에 기증할 수 있지만 대부분이 소설이나
수필, 시집 등이어서 의미가 없을 것 같았다. 게다가 책이 그리
많지도 않았다. 고물상에 일부를 넘기고 나면 남은 건 2천 권 남
짓? 물론 문학잡지나 동인지 등을 제외한 서책들이다. 그것들을
그는 작은 트럭 하나를 빌려 손자가 복무하는 8사단 7*여단에 보
낸 것이다.
  좀 더 자세히 말해 보자. 8사단 7* 여단 본부와 예하 3개 대대,
사단 공병 중대와 정비 중대, 사단 본부대 장병들이 그 대상이

다. 마침 군악대에서 드럼을 연주하고 있는 저 유명한 동방신기 (정윤호) 가수의 팬들이 엄청난 양의 신간 도서를 12*기보대대 에 들여 놓는 바람에 빛이 바래긴 했지만.

당시의 일은 결코 간단하지 않다. 우습기도 하지만, 돌이켜보 자.

전금순의 손자 박청은 음대에서 성악을 전공하고 ROTC 소위 로 임관, 12* 기보대대에서 인사과장으로 복무하고 있었다. 대대 교회에서 이런저런 교육이 열렸으니 박청 소위가 가끔 가곡을 불렀을밖에. 중위로 진급한 박청은 이윽고 제대 말년에 군악대 와 가끔 협연의 기회가 생겼다. 그러다가 자연스럽게 일등병인 연예 병사 유노윤호(정윤호/ 가수)와 조우하게 된 것이다. 세계 에 이름을 떨치던 그 유노윤호 말이다. 유노윤호는 입대한지 얼 마 안 되는 일등병이었다. 유노윤호의 모범 병영 생활 이모저모 가 새어나와 신문의 지면을 장식하고 있었고. 인터넷에는 양주 楊州 시민을 위한 연례 연주회에서의 그의 모습이 도배되다시피 하였다. 박청 또한 그 연주회에서 두 번 공연을 하였다. 물론 가 곡을 시민들에게 선사한 것이다.

이윽고 그 둘은 장병으로서 최고 영예인 특급 전사로 뽑혔다 더라. 감동을 주는 또 다른 장교가 있다. 사단 군악대장 허수연 (여군) 대위다. 공교롭게도 셋의 나이가 비슷하다.

박청 또한 제대 후엔 대학원에 진학, 더욱 공부를 열심히 하여 성악가로서의 이름을 떨치고 싶었다. 이탈리아 유학도 그래서 꿈꾸고 있었던 것. 음대에서 후학을 가르치고 싶은 욕망인들 왜 아니 가지랴! 해서 장기 복무 유혹을 뿌리치고 전역하기로 결심한 터였다.

유노윤호와 박청 등 둘은 의기투합하였다. 나이는 박참이 몇 살 아래지만 군은 어디까지나 계급 사회 아닌가? 공과 사를 엄격히 구분하다 보니 둘의 인간관계는 오히려 가까워졌고 또 아름답게 유지될밖에.

다시 책 얘기. 유노윤호의 팬들이 본부대에 엄청난 양―1천만 원어치?―의 양서를 기증하겠다고 나선 것. 물론 거기엔 전금순 작가의 영향이 컸다. 그가 부대에 책을 기증하는 장면이 신문에 소개되었기 때문이다.

생각해 보면 군악대는 본부대 소속이니 팬들의 결정은 맞다. 거기로 도서를 보내면 소속 장병(특히 병사)들이 읽을 수 있는 거다. 그런데 그게 능사가 아니다. 군의 특수성, 혹은 유노윤호의 명성에 어긋나는 결과를 가져 올 수 있어서다. 해서 유노윤호는 외출 때 잠시 팬들을 만나 그들을 설득했다.

"여러분의 정성은 정말 고맙습니다. 하지만 제가 복무하는 동안에는 이 일이 알려지지 않았으면 좋겠습니다. 하니 12* 기보대대에 보내주십시오. 어느 선배의 말씀에 의하면, 다른 어떤 부대보다도 12* 기보대대 병사들이 책을 열심히 읽는답디다. 우리가 나라를 지키는 국군 용사인데, 맨날 〈무협소설〉 따위에 빠져서야 되겠습니까? 책은 마음의 양식이라 했습니다. 양식糧食을 제대로 비축하면 우리 군의 전투력이 증강되는 게 아니겠습니까? 팬 여러분은 그 첨병尖兵입니다."

이 이야기를 전금순은 휴가 나온 손자로부터 들었다. 그래 그는 더욱 7* 여단에 도서 보내기 운동에 열을 올리고 있는 것이다. 그도 문단 데뷔 41년(?)—?를 붙인 까닭은 자연히 밝혀지리라.—이라서 그런지 하루에 한두 권씩 전국 각지에서 여러 종류의 문학도서가 배달된다. 그렇다고 해서 그걸 죄다 읽거나 임시로라도 보관하는 건 아니다. 병사들에게 도움이 될 만하다고 판단되면, 마흔 권 안팎의 양서를 박스에 넣어 우체국으로 손수레에 싣고 가는 것이다. 택배 요금은 7천 원 안팎이다.

요컨대 양서가 아니면 군부대에 안 보낸다! 이게 그의 지론이다. 중요한 잣대가 『대한민국문인인명사전』이고말고. 거기 수록된 작가의 저서라면 일단은 우체국 발 군부대 행이다.

다행히 남편은 이제 정상에 가까운 일상을 보내고 있다. 하지만 책은 전금순에게 더 이상 쓸모가 없다. 이러다가도 남편의 건강이 악화惡化될지 누가 알랴. 그런 불행이 설사 다가온다 하자. 자식들이 전금순의 뜻을 헤아려서 처리해 주지 않겠느냐고 자문自問도 해봤지만 자답自答은 항상 이랬다.

"아서라! 나는 학자가 아니다. 하니 대학 도서관에 필요한 책은 거의 없다. 이 소설집이나 수필집이나 시집 따위(?)를 싣고 가서, 대학 도서관 앞에서 머뭇거리는 자식들의 모습은 상상하

기조차 안쓰럽다. 그렇다고 해서 고물상을 부를 수도 없고 말이
야. 까짓 몇만 원에 어미의 명예를 파는 것도 자식의 가슴에 멍
을 들게 하는 것 아닌가. 그래 초지일관 보내자. 손자가 군복을
입고 지내는 7*여단으로!"

　어쨌거나 그 선별의 기준 중 가장 으뜸가는 것은 여러 번 강조
하지만,『대한민국문인인명사전』이었음은 중언부언할 필요가
없다. 그 책자의 비중이 이 정도면 설득력이 있다 할 거다.

　이제 그 소책자의 첫 장을 넘긴다.

　'문학인과 독자의 마음을 이어 주는 촉매가 되길'이라는 소제
목부터 눈길을 끈다. 얼마 전에 비슷한 시도를 했었다가 실패로
돌아갔다는 전제를 깔고, 그걸 거울 삼아 재도전에 나섰다고 했
다. 우리나라 문인이 5,000명을 넘길 시점의 일이었다나? 하여
튼 세 차례의 지난至難한 과정이 있었으니 아래와 같았단다.

　먼저, 기사가 너무 많아 일부 삭제가 불가피했다.

　다음으로 작품과 작품집을 차별화하기 않았다.

　마지막 언급은 이랬다. 작품집의 성격을 구분하지 못했다(시
집이냐, 수필집이냐, 장편소설집 혹은 단편소설집이냐 들을 밝
히지 못했다는 뜻이란다).

　이쯤에서 고개를 갸웃거리며 의아스럽게 생각하지 않을 작가
가 없으리라. 전금순 자신도 예외일 수 없었다. 하여튼 3,000명
에 약간 못 미치는『대한민국문인인명사전』은 이렇게 해서 고고
의 소릴 내었다. 1993년 8월이었다. 어느덧 사반세기가 지났으

니 금석지감을 아니 가질 수 없다.

본인에겐 대단한 결례지만, 다른 이보다 먼저 이름을 올린 어느 문인을 참고로 소개한다.

〈가윤선〉 생년월일: 1952.4.19. / 장르: 시 / 데뷔: 〈현대문학 (75)〉/ 작품: 「수풀」(75) 외 / 평론: 기독교 문학비평 · 한국현대시인연구 / 학력: 대학원 졸 / 경력: 국제PEN한국본부 회원 · 한국문인협회 회원 · 한국시인협회 이사 · 한국여성문학인회 회원 · 한국가톨릭문인회 회원/ 賞: 상명문학상(78) 외 1/현직: 전문대 강사/ 주소: 경기도 부천시(이하 생략)

여기에 비해 전금순은 너무 초라한 자신의 경력(동 책자에 소개된)을 들여다보며 자괴지심에 빠진다. 그는 독백한다.

"이 시인은 나보다 열 살이나 아래네. 프로필을 보니 주눅부터 드니 이를 어쩌나. 세상에 스물세 살에 문학잡지를 통해 등단했고 작품도 많이 빚어냈구나. 부럽다! 같은 값이면 다홍치마라더니 얼른 보아 미인이다. 요즘처럼 많이 뿌려대던 시절이 아닌데 문학상도 두 개 받았고."

그런데 데뷔 20년이 가까웠을 텐데 시집은 왜 한 권도 없을까? 편집부의 착오에서 기인한 일이겠지만 하여튼 아쉬움이 남았다.

여기서 전금순 자신의 것을 드러낸다면 너무 초라하여 일별하기도 민망하다. 하지만 보태거나 빼지 않고 그대로 적어 봄으로써 분발의 채찍을 스스로에게 내려치려는 것이다.

〈전금순〉 생년월일: 1945.7.6./ 장르: 수필 / 데뷔: 〈교육자료〉 '교자문원(敎資文苑)'. (76)·〈수필문학〉(77)·〈한국수필〉(83) / 작품:「몰운대의 안개」외/ 작품집:『바람결에 말하다』(82)·『아버지의 초상화』(90)·『서산에 해는 지고』(92)/ 학력: 고등학교 졸/ 현직: 초등학교 교사/ 주소: 경남 밀양군 삼랑진읍(*이하 생략)

전금순은 다시 한 번 부끄러움을 느끼고 얼굴을 붉혔다. 스물세 살과 서른세 살이라면 10년 차이다. 둘의 데뷔 연도가 말이다. 학력에도 6년의 간극이 있다. 대학원과 고등학교 졸업이니까. 상賞은 2:0! 다만 한가지 위로(?)가 있다. 현직이 전문대학강사와 초등학교 교사…. 결코 움츠리지 않아도 좋을 듯! 교사는 안정된 직업 아닌가 말이다.

세상 모든 사람들이 명예를 중히 여기며 산다. 전금순인들 어찌 거기서 자유로울까?

거슬러 올라가 보자. 오래 전에는 고등학교 과정인 사범학교를 졸업하고 무시험 검정으로 교사가 된 경우가 많았다. 아니 거의 전부였다 해도 과언이 아니다. 대신 그들은 굉장한 수재秀才들이라, 특차特次로 엄청난 경쟁률을 뚫고 나서야 입학할 수 있었다. 그들은 3년 동안의 과정을 마치고, 초등학교 2급 정교사 자격증을 받고 만 스무 살쯤 교사로 출발했던 것이다.

그런가 하면 일반 고등학교를 졸업하고, 소위 검정고시를 거쳐 일정 기간 교육을 받고 교사로 임용된 경우도 있었다. 전금순은 여기에 해당된다. 전금순은 일류 고등학교 출신이다.

하지만 교육대학(2년)을 마친 교사들이 마구 쏟아져 들어옴으로써, 전금순 같은 경우 솔직히 말해 자격지심自激之心에 빠지게 된 거다. 시골이라도 어디든지 발령을 받아 가면 그들은 다른 동료들로부터 질문을 예사롭게 받는다.

"어느 교대 나왔습니까?"

"혹시 사범학교를 졸업했습니까?"

꿀 먹은 벙어리까지야 되었으랴만, 솔직히 대답을 하기 싫었다.

"난 부산에서 여자고등학교만 나왔습니다."

라고 대답하려니 자존심이 너무 상하는 거였다. 그러니 적당히 얼버무릴 수밖에. 그렇다고 해서 그 비밀(?)이 끝까지 감추어지는 것은 아니지만.

그런 전금순에게 희소식이 하나 날아들었다. 저명한 수필가들이 『隨筆文學』이라는 수필 전문지를 발행하고 있다는…. 전금순은 쾌재를 불렀다. 두 번 추천으로 완료가 되면 기성문인으로 대우한다고 했으렷다? 등단하면 까짓 학력 콤플렉스쯤 한방에 날려 보낼 수 있겠지!

당시만 해도 밀양시(군)에서 소위 문인은 문화원장 등을 비롯해 대여섯 명이 될까 말까 했다. 그나마 그들 중에는 등단 과정을 거치지 않은 사람이 대다수였다. 그러니까 그들은 시집이나 수필집, 혹은 수기手記 비슷한 것을 한두 권 발행해 놓고 문인 행세를 했던 것이다.

『隨筆文學』의 유혹은 달콤했다. 거기 귀가 솔깃해진 전금순은 다시 부르짖었다. 이참에 내 일생을 확 바꾸자꾸나.

이미 그는 어느 정도 믿는 구석이 있었다. 초등학교 교사들의 전문지 〈교육자료〉『교자문원敎資文苑』의 수필 3회 천료를 했던 것이다. 그건 예비 관문 아니냐고? 물론 맞다. 정식 등단이 아닌 것이다. 하지만 그『교자문원』만으로도 수필가 행세를 하는 사람은 거짓말 좀 보태어 수두룩했다. 어느 교장이 대표 인물이다. 그의 약력을 보면, '66년도 수필 등단(『교자문원』)'이 버젓이 적혀 있다. 실로 어안이 벙벙하다. 그는 여전히 큰수필가 행세를 하더라. 수필가협회에서 주는 엄청난 대상大賞도 받았고.

어쨌든 전금순은『隨筆文學』천료도 그리 힘들리라고는 여기지 않았다. 이를 악물었다. 그리고 수시로 입 밖으로 내뱉는 말이 이거였다. 있는 곳에 길이 있다, 아무리 문재가 부족하고 가방끈이 짧아도 두서너 해 혼신의 힘을 쏟으면 승부가 나겠지!

마침 그해 전금순은 읍사무소 남직원과 혼담이 오갔다. 서로의 감정이 워낙 좋아, 중매 반 연애 반으로 몇 달 뒤 한 가정을 이루게 되었다.

이듬해 전금순은 시오리쯤 떨어진 분교장分敎場에 자원하여 발령을 받았다. 본교보다 시간 여유가 많으니 원고지와의 씨름에서 우위의 위치를 찾을 수 있을 것 같아서다. 그만큼 그는 수필가로서 세상에 얼굴을 내밀고 싶은 욕심에 휘둘렸다. 남편은 자전거 통근을 하기로 했고.

참 호랑이 담배 먹던 시절 이야기를 하려니 지금도 웃음보가 터진다. 전금순이 분교장에 부임해 본즉, 하늘 아래 이런 세계가 있을까 싶을 정도로 별천지였다. 그때까지 동네의 선각자로 이름나 있던 김고봉 씨의 서당書堂이 교실이었던 거다. 전기도 안 들어오는 공간 두 개에서 복식 수업을 했다. 김고봉 씨는 다행히 젠체하지 않고 협조를 잘해 주었다. 한데 지금도 생각하면 뒤로 나자빠질 일 하나. 태극기보다 김고봉 씨의 초상화가 더 높이 걸려 있었다는 사실! 사택이라고 하나 내 주는 것도, 김고봉 씨의 사랑방과 조그마한 별실 하나가 전부였다. 물론 취사 시설은 되어 있었다.

곧 조력 발전소가 들어설 계획이라 낙동강 물은 끌어올려 담을 저수지를 만든단다. 마을 일부가 매몰됨은 물론이다. 2년만 버티면 되는데 새로운 교사校舍를 짓기도 무엇하여 예산 절감 차원에서 부득이 엉거주춤하게 지낼 따름이라고 했다. 십 리 아래에 새로 학교를 하나 짓는다는 소문도 무성했다.

수필 등단이 목적인 전금순에게는 그런저런 정황이 되레 안성맞춤이었다. 어린이들을 다 합해 봐야 여섯 명이었다. 2학년 3명, 3학년 3명. 복식 수업을 했다. 가르치는 일만 끝나면 별도로 매달려야 할 잡무도 적었다. 비로소 '창작'이니, '수필작가(수필가)'니 하는 약간은 고급스런 용어에도 익숙해지고 있었다 하자.

전금순은 밤낮으로 글 쓰는 일에 매달렸다. 가르칠 때도 쉬는 시간에 대비해서 원고지를 교탁 위에 얹어 놓고 씨름했다. 전기가 끊기는 때가 가끔 있어 호롱불 혹은 촛불을 켜놓은 채, 그 밑에서 힘든 작업에 두서너 시간 매달리기 예사였다. 그러노라면 콧구멍이 새카매졌다. 다행히도 그런 전금순, 아니 아내를 남편은 잘 이해해 주었다.

　그런데 전금순에게는 견디기 힘든 게 하나 있었다. 매몰이 안된 남은 30호 가까운 동네 근처에서 걸핏하면 개를 잡아먹는 게아닌가. 게다가 멀리 사는 사람들도 트럭에다 황구黃狗며 백구들을 싣고 오는 것이었다. 그들은 약속이나 한 듯이 교실에서 조금떨어진 조그마한 저수지 가에서 그 불쌍한 녀석들에게 몽둥이찜질을 안겨서 죽이곤, 솥을 걸어 된장을 물에 풀었다. 어린이들도가끔 그걸 볼 수밖에. 한번은 그릇에다가 그 고기를 한가득 담아들이미는 바람에 전금순이 질겁했을 수밖에. 아니 전금순은 울음을 터뜨리고 말았다.
　마침내 그는 결심한다. 개는 사람의 먹거리가 아니라, 사랑의대상임을 어린이들에게 가르치자고. 그래 도시에 나가 혈통이있는 포메라니안 순종, 생후 일곱 달 된 암캐 한 마리를 사 온 거다. 그리고 그 녀석을 애지중지 길렀다. 다분히 의도가 곁들여진그만의 결단이었다. 혈통서를 교실 벽에다 붙여 놓고 입만 열면강조했고말고.

"애들아 너희도 족보가 있지? 우리 집 엘리사벳도 족보가 있어. 아끼고 사랑해 주렴."

이윽고 그 앙증맞은 게 발정이 왔다. 큰마음 먹고 부산까지 가서 교배를 시키고, 두 달 뒤에 네 마리의 강아지를 받아내는 데에 성공했다. 여기저기 애견가들에게 약간의 돈을 받고 분양을 했다. 그 아름다운 이야기를 원고지에다 옮기는 데에 그야말로 심혈을 기울였음은 두말할 나위가 없다.

그게 『隨筆文學』의 초회 추천을 받은 것이다. 서울대 차주환 교수로부터였다. 도전장을 내민 지 1년 2개월 만이었다. 전금순은 그걸 정말 자랑스럽게 생각했다. 초등학교 준교사 자격 검정 고시에 합격했을 때의 기분에 버금갔다고나 할까? 일흔여덟 번째의 작품과 맞바꾼 훈장이었다. 물론 연수를 받고 2급 정교사 자격증을 취득한 뒤였고. 동시에 그는 방송대에 적을 두고 열심히 공부도 하였다.

전금순의 개 사랑은 극성이었다. 교과서에도 나오는 '오수의 개'에 얽힌 여러 가지를 좀 더 알고 싶어 현지를 한 번 방문하기로 할 정도였으니. 남편과 함께 일박이일 연휴에 그리로 여행을 떠나기로 한 것. 어린이들에게 좋은 교훈이 되는 이 이야기를 이야기로만 전할 수 없었다고 하자. 집을 비우려니 엘리사벳이 걱정되었다. 하지만 궁하면 통한다고 녀석을 케이지 안에 넣어 두고, 사료를 넣어 주고는 어린이들에게 번갈아 가며 봐 달라고 부탁을 했다. 물론 김고봉 씨에게도….

과연 오수獒樹의 개 의견비가 서 있었다. 비석에 그 유래가 알고 있는 그대로 적혀 있더라. 교과서를 통해 가르치거나 남들의 전언에 퍼진 소문 따위와는 비교가 안 될 정도의 전율을 전금순 내외는 느꼈다. 전라북도 지방 민속자료 제1호. '오수의 개'는 꼬리가 말렸고, 비절(뒷다리 생김새)은 진돗개를 닮아 있었다.

그런데 시장기가 있어서 식당을 찾느라 두리번거리는데 마침 신장개업한 곳이 한 군데 시야에 들어왔다. '신*집!' 둘은 부리나케 그 집 문을 열었다. 그런데 그 자리에서 우뚝 서고 말았으니 세상에 식단에 분명히 이렇게 적혀 있는 게 아닌가? 영양탕(보신탕), 삼계탕…. 실로 경악하지 않을 수 없었다. 식당 안은 많은 사람들로 북적대고 있었다.

주인이 자리에 앉길 권한다. 전금순네가 머뭇거리자, 주인 왈,

"의견비? 좋지요. 저희도 인정합니다. 그러나 '오수의 개'와 비슷한 전설은 전국에 수두룩합니다. 여남은 군데도 넘을 겁니다. 지금은 의견비보다 저희 식당이 더 이름나 있어요."

식은땀이 주르르 흘러내릴 정도였다. 더 이상 서 있을 엄두가 나지 않아 발길을 돌릴밖에, 참으로 씁쓰레한 하루를 그렇게 보내고 그들은 귀가했다.

어쨌거나 『隨筆文學』에서의 초회 추천! 그건 자신이 생각해 봐도 극성 중의 극성이 가져다 준 열매였다. 잠시 되돌아가 보자. 당시 『隨筆文學』은 추천 응모작 월평月評 란을 별도로 두고 있었는데, 한 달에 수십 명씩 초회 추천의 관문을 뚫으려고 열정

을 쏟아붓고 있었다. 전부를 평할 수 없어 대개 여남은 작품을 골라, 이런저런 잘잘못을 친절이 안내해 주었던 거다.

그건 서울대 차주환 교수 몫이었다. 차주환 교수는 전금순을 항상 맨 먼저 올려 주었다. 작품의 성패를 떠나 열정 하나만은 알아 줘야 한다며. 한번 만 더 추천을 거치면 등단인데 싶어 전금순은 더 애간장을 태워야만 했다.

그로부터 그는 더 피나는 노력을 기울인다. 고지가 저긴데 예서 멈출 수는 없지 않은가? 참 초회 추천을 해 준 차주환 교수는 만나지는 못했지만 그분이 전금순에게 편지를 보내 준 적이 있다. 너무 신변잡기에 머무르는 경향이 있으니 과감히 탈출해 보라는 권유였다. 개에 너무 빠지지 말라는 걸 에둘러 지적한 느낌이었다. 물론 월평을 통해서 늘 듣던 얘기이긴 했지만 성취동기가 되고도 남았다.

그러나 그에게는 '신*집'에서의 충격이 너무나 컸다. 그날 이후에 더 극성스럽게 '개'와 '개를 소재로 한 수필'에 매달릴밖에. 해서 계속해서 한 달에 두어 편씩 글을 써서 『隨筆文學』에 보냈다. 그런데 개를 주제로 초지일관하다 보니 급기야는 관심 밖으로 밀려날 수밖에. 추천 응모작 월평에 전금순의 이름이 여전히 머리를 장식했다. 하지만 평자評者들은 그의 수필을 예전보다 오히려 깎아내리기 일쑤였다. 전금순은 신음한다.

다시 세월이 흘러 전금순은 본교에 내려와 근무를 하게 된다. 여전히 그는 원고지며 연필과 더불어 살았다. 개도 여전히 키웠

다. 4학년을 담임했을 때, 골수 애견가로서의 일화 하나를 엮어
냈으니 클럽 활동 부서로 '애견부'를 만든 것이다. 그의 개를 향
한 '일편단심'은 그토록 가실 줄을 몰랐다.

장학사가 왔는데 포메라니안 엘리사벳을 데리고 와서 교실에
서 목욕을 시켰다. 어린이 10명이 돕는 가운데. 그는 여럿이 지
켜보는 가운데 개의 항문 짜는 법도 시범을 보였다. 애완견은 그
렇게 함으로써 질병을 예방하고 가족들이 악취로부터 해방될 수
있다나? 장학사의 말.

"이건 유사(?) 이래 처음입니다. 애견부라니요? 더구나 어린
이 정서 함양에 도움이 된다는 전금순 선생님의 주장은 감동 그
자체입니다. 우수 사례이고말고요. 홍보해야지요."

그런저런 사연으로 세월은 흘러도 여전히 전금순의『隨筆文
學』짝사랑은 이어졌다. 컹컹 소리가 글의 행간을 지배했다. 그
고집 하나는 전무후무하다시피 할 어지간하다는 세평도 돌아다
닐 수밖에. 당시『隨筆文學』을 겨냥한 예비 수필작가들에게는
하나의 전설이었다 하자.

흐르는 세월을 감당할 자 아무도 없다. 전금순, 수필과 개를
빼고선 한갓 필부匹婦인 그도 어느덧 나이 들고 슬하에 일남일녀
를 둔 중년여인이 되어 있었다. 그런데 그의 일생을 송두리째 바
꿔 놓을 만한 대사건이 터졌으니, 남편이 하야리아 부대 민사처
로 스카우트된 것이다. 영어에 워낙 능통해서 (토익 965점/ 990)

덕분이었다. 더구나 그의 남편은 인물이 번듯했다. 이걸 밝히면 백해무익하겠지만 민사처장이 남편의 재종형이었다.

전금순 내외는 뛸 듯이 기뻤다. 애들이 자라면 교육 문제도 그렇지만, 무엇보다 당사자 전금순의 다음 근무지가 어디로 바뀔지가 염려되었기 때문이다. 어쩌다 보면 산간벽지로 떠돌 신세? 이제 부산 시내 교사가 되면 곧 전금순은 그런 염려는 하지 않아도 되는 거다.

구포 근처에 집을 하나 전세로 얻고 부부가 통근을 했다. 통근열차(완행이다)는 모든 열악했다. 연착은 예사였고 의자도 낡을 대로 낡았다. 그러나 정작 전금순이 못 견딜 만큼 괴로운 것은 객차 안의 백열등이 너무 희미하다는 것! 그게 뭐 대수냐고? 그런 질문을 하는 사람이 있었다면 전금순으로부터 삿대질을 당하고도 남았으리라. 그는 여전히 원고지를 무릎 위에 얹어 놓고 수필이랍시고 끼적거리며 40분 이상을 버티고 있었으니까.

몇 달 뒤 드디어 전금순이 부산 시내로 전입한다. 학교를 옮기고 나서도 전금순은 등단을 위해 눈물겹게 노력한다. 그러나 82년에 그는 천길만길 낭떠러지에 내몰리는 소식을 접하게 된다. 『隨筆文學』이 재정난으로 문을 닫게 되었다는 게 아닌가? 그의 말이다.

"자신은 사법고시 공부하는 것 이상으로 수필 창작에 매달려 왔다. 판사나 검사보다 이름을 드날리려면 문인의 길이 있다. 그 명제를 가슴에 부둥켜안고 초회 추천 후 일고여덟 해 동안 간난과 신고를 거듭하면서도 견뎌 나왔는데…. '자아실현'의 길이 거기 있었지 않았는가 말이다. 아, 이제 다 수포로 돌아갔다."

그리고 지금 밝혀야 될 게 하나 있다. 개만 고집하지 않는다면, 4월쯤 천료를 기대해도 좋다는 언질이 차주환 교수로부터 있었던 것이다. 김태길 교수도 거들었고. 전금순은 오열했다.

"두 달만 더 기다렸다 폐간해도 폐간을 하지!"

'오호 통재라' 소리가 터져 나왔다. 사촌이 죽은들 그렇게까지 슬프지 않았으리라.

『隨筆文學』이 흔적 없이 사라지고 난 뒤, 1년간 전금순은 삶의 의욕을 잃고 있었다. 하나 『한국수필』이란 또 하나의 사랑 대상이 그의 곁에 있는 걸 느낀 것이다. 죽으란 법은 없다며 그는 이를 악물고 다시 심기일전 허리띠를 졸라맸다.

용기를 내 조경희 회장에게 장문의 편지도 보냈다. 여태까지 개에 매달려 갈팡질팡한 것이 너무나 후회스럽다는 고백을 덧붙여 하소연한 것.

조경희 회장은 화답했다. 『隨筆文學』 초회 추천을 인정할 테니 한 번만 더 추천받으면 천료로 간주해 주겠다고 한 거다. 83년 봄호! 드디어 전금순이 문단에 이름을 올리는 순간, 그는 환호작약했다. 「해운대의 기적汽笛」, 개 냄새가 안 나는 거였다. 원고지와 씨름하기 시작한 지 7년여 만이었으니까. 그로부터 조경희 회장과 그는 사이가 가까워질 수밖에. 그 한가지 예.

영남과 호남의 등단 수필가들이 힘을 합해 책 한권을 만들었다. 창간호 이름은 『황산벌과 낙동강에 핀 꽃』. 네 명의 편집위원 이름에 '전금순' 석 자가 들어 있었으니 정무장관이기도 한 조경희 회장이 좋아했다. 이듬해 2호 때는 전금순이 주간主幹을 맡는다.

2호 출판기념회를 부산에서 열게 되었다. 서면 뉴 아시아 호텔에서였다. 전금순이 영광스럽게 사회를 맡았다. 재부호남 향우회장 박 변호사도 전금순이 섭외하여 모시는데 성공하였고.

아무튼 그로부터 그는 부산 지역 문인들 사이에서 조금씩 명함을 내밀기 시작한다. 63년에 출범한 우리나라 최초의 수필 동인회인 '〈수필〉 부산'에도 무명無名 인사로서 가입했고. 그는 그렇게 날개를 달고 훨훨 비상했다. 학력 콤플렉스? 그것도 벗어났으니 방송대 5학년을 거쳐 이윽고 동아대학교 석사 학위까지 얻었으니까. 그 중등학교 1급 정교사 자격증으로 사립 중학교로 자리를 옮겨서 국어를 가르치게 되었다. 애들도 말썽 없이 잘 자랐고, 녀석들의 학교 성적 또한 우수하였다.

참 첫 수필집은 78년도에 냈으니 『한국수필』 등단 5년 전이었다. 그것으로도 등단으로 인정받을 수 있었는데, 그는 알고 모른 체했는지 추천 완료를 향한 너무나 무모한 도전을 계속한 셈이었다. 외곬인 그의 성격이 잘 드러난 예라 하겠다.

그는 여전히 개를 길렀다. 엘리사벳이 천수를 다하고 저승으로 떠난 뒤, 요크테리어 우드가 새끼를 낳다가 그만 숨을 거둔

사건이 있었다. 그로 말미암아 받은 그의 충격은 이만저만 아니었다. 우드의 유해를 통도사 밑 냇물에 흘려보냈다. 그는 아이들과 함께 한없이 울었다.

울다가 지친 반작용에서였을까? 그날부터 두어 주일 동안 전금순은 다시 원고지에 매달렸다. 우드와의 헤어짐이 너무나 비통한 느낌 속에 그를 빠뜨렸던 것이다. 원고지마다 눈물방울이 떨어져 내려 얼룩졌다.

그러나 쓰고 또 써도 수필이라는 그릇이 그 모든 것을 담기에는 부족했다. 그래서 두드린 문이 소설이다. 부산에 튼실한 문학 잡지가 있어 거기에 100장짜리 원고를 퇴고하고 또 퇴고하여 보냈다. 소설 부문 응모작이라고. 제목은 「염라대왕에게 읍소하며」. 그러나 우여곡절을 거칠 대로 거쳤지만 낙방이었다. 원로 소설가가 딱지를 놓는 데는 유구무언일 수밖에.

부산에서 소설가가 되기 틀렸다고 생각한 전금순은 서울로 향해 화살을 시위에 걸고 높이 날렸다. 신인상에 당선하면 소설가로 등단시켜 주는 잡지가 있었으니까. 그 관문을 겨냥한 거다. 물론 엄청난 땀을 행간에 쏟아 부었다. 참, 다른 한 작품은 「어느 명견의 불임기」였다. 그런데 신인상이 안겨진 거다. 소식을 들었을 때 꿈인지 생시인지 구분이 안 되었다.

개를 여전히 손에서 놓지 못했다는 건 두 편 모두 개를 소재로 했다는 데에서 드러난다. 어쨌든 그로부터 전금순은 수필보다 소설에 더 신경을 쓴다.

한데 세상만사 새옹지마라 했다. 남편이 하야리라 부대 업무 과로가 겹쳐 신장이 망가진 거다. 정말 눈물겹게 아들이 신장 하나를 기증해 주어 이식에 성공했지만 아직 완전 안심할 단계는 아니다. 분당 서울대 병원에서 가장 이름난 전문의가 집도했으나, 만약의 사태에 대비하기 위해서라도 가까운 데에 살고 있는 거다.

문학은 전금순에게 삶의 지상 목표다. 그러다 보니 더러는 문인들을 만난다. 수필가와 소설가다. 그들과의 대화 중 다른 건 꿀릴 게 없는데『隨筆文學』이 화두에 오르면 어 뜨거라 하는 기분을 떨칠 수가 없다.『隨筆文學』초회 추천? 기분을 상하게 만든다. 왜냐 하면 이 땅에는 그『隨筆文學』이 사라지고 난 뒤, 다른 사람이 이어서 발행해 오는 동명同名의 수필 전문지가 있기 때문이다.

같은 제호의『隨筆文學』추천 작가는 수두룩하다. 옛날『隨筆文學』의 작가는 전국에 다섯 명도 안 될 것이다. 초회 추천을 받은 경우도 마찬가지. 저 유명한 안정효 소설가만은 전금순도 기억한다.

오죽하면 전금순은 이런 생각까지 하게 됐을까 말이다. 차라리 고개를 숙이고 지금의 발행인을 만날까? 구舊『隨筆文學』초회 추천을 인정해 준다면 한 편만 더 보낼 테니, 지금의『隨筆文學』추천 작가로 취급해 주지 않겠느냐며….

전금순은 짐짓 여유 비슷한 정서에 휘둘리기도 한다. 아무리 수소문해 본들 자신과 같은 심사를 가진 엉거주춤한 『隨筆文學』 초회 추천 작가는 유일하리라. 해서 쓴웃음이 수시로 나온다.

전금순은 『대한민국문인인명사전』이 닳을 대로 닳아 그 형해(?)조차 없어질 때까지 자신의 곁에 둘 생각이다. 마음에 걸리는 것은 역시 『隨筆文學』이다. 죽기 전에 해결해야 할 과제다. 다음 책을 낼 때까지 책날개에 확실하게 추천 과정을 밝혀야 할까 말까 하는 강박관념이 그를 괴롭히겠지. 개로부터의 탈출 여부도 하나의 시한폭탄이다. 참, 여태 그가 낸 수필집과 소설집은 각각 일고여덟 권, 세 권이다. 상賞? 그걸 들먹이는 그의 표정은 사뭇 진지하다.

"초·중학교 6년 동안 개근상 하나 못 받은 주제다. 더더구나 문학상 그 근처에라도 갈 깜냥이 되는가? 아서라, 대가가 수두룩한데 언감생심 그런 바람을 갖다니 언어도단이다. 문학 잡지 소설 신인상이면 된다. 그리고 나도 자존심이 있지. 수여자(시상자)의 이름이 상장에 들어간다. 문단 후배가 주는 상이라면 나는 거절하겠다."

글쎄다 이 마지막 몇 마디도 중요한 메시지를 던진다.

전금순은 여전히 개를 소재로 글을 쓴다. 신문에나 방송에도 얼굴을 내민다. 〈실버넷 뉴스〉 등 인터넷 신문의 취재원으로 인

기다. 요즈음 전금순의 입 밖으로 쏟아지는 말에 유머가 섞였다.

"어? 개도 코로나가 옮는다던데? 이러다가 내가 코로나에 감염되는 게 아닐는지 모르겠다. 다음주에는 웃는 개 '비숑'을 사진 찍으러 가야 하는데…"

저승으로 가는 감사패感謝牌

고생이란 고생은 다 한 끝에 옛 전우를 찾았다. 하여튼 그가 여기저기 묻고 온갖 통신 수단 등을 동원하는 등 발버둥을 쳐왔는데 엉뚱한 데서 실마리를 찾게 된 거다. 그는 부르짖었다. 아, 드디어 난제 중의 난제를 해결했다. 등잔 밑이 어둡다는 속담이 거짓 아니었어!

제대 반세기에 네댓 해를 보탠 예비역인 그가, 오래전 이승을 떠난 사단장에게 감사패를 직접(?) 전하려는 게 이번 일의 목표다. 일찍이 유례를 찾을 수 없었음은 물론 실로 기가 막히는 일이다. 그런데 실은 동행해야 할, 단 한 명의 옛 전우 연락처를 모른 채 헤맸었던 거다.

이야기의 주인공 '촌로' 이건풍. 촌로! 마을 촌村 자와 자신을 동일시하다 보니 얼떨결에 튀어나오는 말버릇이다. 그도 이제

156

여생이 쥐꼬리만 하다는 이야기가 제법 귀에 익어 있다. 그래도 그는 어느 정도 건강이 괜찮아, 이런저런 일로 지하철을 탄다.

이건풍은 영등포구청 근처의 초등학교 앞에서 서예학원을 운영하고 있다. '불무리'란 현판이 붙어 있는…. 논설論說도 겸해 가르친다. 20년이 가까워지고 있으니 지역사회에서도 어느 정도 그 존재가 알려져 있을 수밖에. 그의 실력? 성급하게 언급하지 말고 뒤로 미루자.

서예에 일가를 이루고 있는 사람은 고故 우죽 양진니楊鎭尼 선생은 알 것이다. 수십 년 전 어느 해, 국전에서 대통령상을 받은 적이 있는 대가大家다. 그가 5·16 직후 삼랑진 초등학교에 잠시 몸을 담고 있을 때 이건풍의 집에 자주 들렀다. 이건풍의 백형伯兄과 친구 사이여서다. 그게 인연이 되어 고등학교 재학 중이던 이건풍이 서예를 시작하게 되었다. 말하자면 그는 양진니 선생을 사사私事한 것이다. 그렇게 열심히 붓과 먹, 화선지에 매달린 결과 그는 나중 국전에 특선을 두 번 했다. 예서 우죽 선생의 유명한 말을 떠올리면 어떨까? 자기가 앞으로 오직 궁체에만 매달린다고 쳐도 일중一中 김충현 선생 흉내조차 못 낸다는….

물론 우죽 선생은 한글이 전문이 아니었다. 그만큼 일중 선생의 궁체는 타의 추종을 불허할 정도였다는 뜻을 에둘러 말한 거다. 여기서 꼭 덧붙여야 하는 사실 하나. 노무현의 모교 진영 대창초등학교 맞은편 진영노인대학 2층 계단 벽면에 양진니 선생의 세필細筆 붓글씨 액자가 걸려 있는 거다. 한글과 한자를 섞어서 쓴…. 이건풍은 그 앞에서 수도 없이 옷깃을 여몄다.

또 하나. 우죽 선생이 건풍의 선대인先大人 휘자諱字 이종탁 한 학자께 써서 선물한 '경서각耕書閣' 현판은 이건풍이 아직 소중하게 보관하고 있다. 낮에 밭에서 일하고 밤엔 학문과 벗한다는 당신의 아호 '경서'를 피나무 널빤지에 양각陽刻한, 말하자면 소중한 유품이다.

이건풍의 학원은 전체가 60평 안팎의 공간인데 적당한 크기로 삼등분三等分했다.

두 번째 15평은 대학에서 성악을 전공한 아내가 초등과 중학교 학생들에게 노래(교과서 위주)를 지도하는 '불무리(서예학원 이름과 같다) 음악학원'이다. 참 그의 아내는 중등학교 교사 출신임을 밝히자. 실용 음악이 하나의 대세여서 그런지, 학원을 찾는 문하생 중에는 대중가요 공부를 하는 친구도 있는 모양이더라. 건풍과 나이 차이가 많다. 일곱 살. 어쨌든 사람들은 입을 모아 부부에게 노익장 부부라며 치켜세운다. 이건풍의 학원은 20평이란 계산이 나온다.

여기서 밝히자. 불무리? 붉은색 원과 노랑색 원이 교집합交集合을 이루는 마크다. 해와 달을 형상화한 거다. 이건풍이 처남과 잠시 같이 복무한 부대는, 보병제26사단사령부 본부중대(부관참모부와 경리참모부)였다. 이건풍은 거기서 사단장 표창장을 붓으로 쓰는 일을 하다 제대했다.

나머지 25평은 태권도 가르치는 처남 하청식의 '불무리

Jhonson태권도학원'이다. 전 미국 대통령 이름을 딴거다.

하청식은 우리나라에서 열 손가락 안에 들어가는 태권도 고단자(명예)다. 그의 아들이 그를 돕는다. 각기 명예관장과 관장으로 역할분담(?)을 하고. 공간이 조금 좁긴 하다. 그러나 그거야 아무래도 좋다. 하청식은 보병사단에서 태권도 시범조로 활약했고, 월남에까지 가서 국위를 선양한 바 있어 독보獨步의 경지 운운하는 수식어를 달고 지내니까.

존슨 대통령이 방한했을 때, 그는 빨간 벽돌 두 장을 보조자의 손바닥 위에 세워 놓고 수도手刀로 두 동강을 냄으로써 우방 국가 원수로 하여금 탄성을 자아내게 한 주인공이다. 때는 1966년 10월 25일이었다. 많은 다른 격파도 있었지만 존슨은 하청식의 묘기와 괴력에 매료된 나머지, 그를 지휘대 위로 불러 올려 포옹까지 해주었다는 얘기! 그 존슨 덕분에 26사단 태권도는 세계에 그 이름을 더욱 날리게 되었다.

존슨이 출국하고 난 뒤 사단장 문중섭 장군은 태권도 시범 단원 중 특히 활약을 많이 한 부사관과 병사들에게 표창을 하게 된다. 그 중에 하청식이 끼었음은 물어보나마나. 이건풍이 직접 그 원안을 잡고 붓으로 일곱 장 모두를 써냈으니 어찌 기쁘지 아니했으랴.

이윽고 이건풍의 사수(선임)가 제대를 하게 되었다. 그 자리를 이건풍이 이어받게 되었음은 물어보나마나. 혼자서 너무나 바빠 그야말로 밤낮으로 땀을 흘리는 중 희소식이 날아들었다.

그날도 허탕 칠 생각을 하고, 보충 중대에 올라갔더니 대학교에 재학 중이라는 병사 하나가 전입해 있었다. 그를 데리고 내려와 시험 삼아 몇 자를 써 보게 했다. 뜻밖에도 합격 수준의 붓글씨를 선보이는 게 아닌가? 정통으로 서예 공부를 하다가 입대했다는 그의 말에 신뢰감이 갔다. 결점(?)이라면 너무 궁체에 천착해 있었다는 점. 말이 나왔으니 말이지만, 표창장은 예술로 빚어내는 게 아니다. 어쩌겠는가? 그도 점점 속칭 '사무 글씨'에 익숙해져 갈밖에.

문중섭 사단장은 정말 신사였다. 문무를 겸했다는 말은 그에게서 떠나지 않았다. 그 무렵 이미 그는 한국 문단에서 중진重鎭의 자리에 있다는 소문도 자연히 날 수밖에. 전쟁문학회를 이끌고 있다는 소문도 들렸다. 그는 벌보다 상을, 질책보다 칭찬으로 부대를 지휘 통솔했다. 누가 '견책' 처분을 받을 만한 일을 했다 치자. 징계위원회에서의 회의록 등을 첨부해서 결재를 올려도 그는 곧잘 '불문不問'이라 쓰곤, 글월 '文'이란 사인을 해서 서류를 부관참모부로 내려 보냈다. '개관 천선'하라는 당부를 잊지 않았고.

그 극적인 예가 손혁수 대위의 미제美製 다이얼 세숫비누 사건이었다. 손혁수 대위는 군대 내에서도 유명한 스님 장교였는데 물론 미혼未婚. 그가 어느 날 지프차로 그 비누 몇 상자를 운반하다가 헌병대에 적발된 것. 징계위원회에 회부되어 '근신' 처분으로 결정이 났지만 사단장은 그 사건도 역시 눈감아 주었다.

요컨대 그 비누는 손혁수 대위가 부대 근처에서 돌봐 주고 있는 한센인들을 위해, 미군 장교에게서 얻었다는 증언이 오히려 사단장을 감동시킨 것.

이제 이건풍李健風과 하청식河淸植이 어떻게 맺어진 인연인지 샅샅이 알아보아야 할 것 같다. 서두를 이렇게 장식해 보자. 1966년 6월 어느 날, 두 병사가 보병제26사단사령부 본부중대에 전입한다. 형제처럼 가까이 지내던 이건풍(부관참모부), 하청식(경리참모부) 일병이었다. 둘은 처음 적응하느라 엄청나게 고생했다. 워낙 표창장 많이 주기로 이름난 문중섭 사단장이어서 이건풍도 격무에 시달렸는데, 하청식이 오히려 더 심했다 해야 할 것 같았다. 말하자면 본 업무는 경리부 병사지만, 태권도 시범이라는 가외 업무에 시달려야 했으니까.

둘은 나이 차이가 두 살이었다. 동향同鄕은 아니라도 가까운 데서 태어났다. 이건풍은 삼랑진, 하청식은 김해 한림정이 안태 고향이었다. 초등학교는 다르지만 B중학교과 B고등학교는 동창이었다. 동기同期는 아니었고.

하청식을 기준으로 이야기하면 이렇다. 한림정역에서 경전남부선 통근 열차를 타면, 삼랑진역에서 기다리던 이건풍이 승차한다. 기차 통학을 하는 B중고등학교 학생이 더러 있었지만 유달리 둘이 친했다. 이건풍의 외가가 한림정에 있었기 때문이기도 했고. 이건풍은 B대학으로 진학했고 하청식은 서울로 유학을 했다. 한동안 서로 소식이 거의 단절된 이유다.

그러다 둘이 해후邂逅한 것은 창원 훈련소에서였다. 졸업 후 중학교 교사로 임용되기 전에 결핵을 앓았기 때문에 2년 늦게 군복을 입게 된 이건풍이었다. 일이 공교롭게 되려다 보니 하청식도 같은 날짜에 입대한 것이다. 이건풍 군번이 51021281, 하청식은 그보다 35번 뒤다. 훈련 수료 후 한림정을 거쳐 삼랑진역에서 서울 행 완행열차에 환승하여 동대구역 앞 허름한 여인숙에서 일박을 했다. 이튿날 각기 영천永川 부관학교와 경리학교로 가게 되었다.

거기서 소정의 교육을 거친 뒤, 101보충대를 경유하고 26사단에 전입한 거다. 사단사령부 부관참모부와 경리참모부에 배치를 받았던 둘은 서로 의지를 하면서 고된 졸병 생활을 했다.

하청식이 태권도 4단이라는 소문이 퍼지고 나서, 그를 탐내는 이가 있었으니 한국 최고의 격파 실력자라는 태권도 시범단 선임하사 손삼孫三 중사였다. 국내 일반 선수 어느 누구조차도 그를 따라잡지 못한다는 소문이 날 정도의 실력자! 그가 꾸준히 본부대장(당시는 본부중대장이라 불렸음) 김영학 소령을 경유 경리참모를 설득한 거다. 드디어 결론이 났다. 하청식이 훈련에 합류하기로 말이다. 물론 소속은 경리참모부에 그대로 두고….

이건풍의 아내 하차숙은 하청식 동생이다. 하차숙이 26사단에 등장하는 데까지는 세월이 좀 걸리지만. 사단사령부 본부중대 소속 병사들은 아침저녁은 물론 점심때도 만나기 마련이다. 같은 식당에서 식사를 하니까. 부관참모부의 이건풍이 먼저 업무를 덮어 놓고 일어서 5분쯤 걸으면 하청식이 경리참모부 앞에서 기다린다. 확실히 약속을 한 것도 아닌데 말이다. '이심전심以心傳心'은 단순한 사자성어가 아니라 만고불변의 진리? 그쯤 해 두자.

여자 친구가 없는 두 병사는 그럴수록 우정을 쌓아가고 있었다. 그런데 얼마 지나지 않아 하차숙이 가끔 일요일에 면회를 온 것이다. 의정부에 사는 이모姨母와 함께였다. 하차숙은 그때에 중학교 재학 중이었다. 하청식의 어머니는 이미 이 세상 사람이 아니었고.

잠깐! 반세기 뒤인 지금 당시의 사령부 진입로에서 부관 참모부까지의 지형이나 구조물을 증언할 사람은 없다. 이건풍의 입을 빌어 보자. 위병소를 지나 영내에 들어서서 한참을 걸어오면 휴게실이 있었다. 음료수를 주로 팔지만 라면과 국수도 내는 곳이었다. 물론 빵이나 다른 대용 식품도 진열해 두었고…. 5분 거리에 경리참모부가 있었으며 거기서 왼쪽으로 꺾으면 부관참모부가 자리 잡았던 것.

그 옛날 그 휴게실에서 넷이 만나 이야기꽃을 피웠던 시절로 거슬러 올라가려는 거다. 휴게실 바로 뒤에 인공으로 만든 연못에 연蓮을 심어 놓았기에 넷은 가끔 그 꽃을 감상하며 시간을 보내기도 했다. 거기엔 비단잉어도 헤엄치고 있었다. 하차숙과 이

모가 마련해온 통닭이며 빵 등을 난간에 기대서서 먹는 즐거움, 결코 만만치 않았고말고. 참, 연못 위로 목조木造 다리가 하나 놓여 있었는데 이름하여 세심교洗心橋! 사단장이 짓고 이건풍이 붓으로 쓴….

하차숙은 일찍, 그러니까 어머니를 암으로 여의어서 그런지 어딘지 모르게 얼굴에 그늘이 져 있었다. 그래도 여러 가지 어려움을 잘 견뎌내고 있었다. 한림정의 자두 농장에서는 아버지 혼자 일한다는 얘기도 가끔 이건풍은 들었다.

종언부언 하지만 사실 사단장 문중섭 장군은 굉장한 매력이 넘치는 군인이자 문인(시인)이었다. 특히 대민 지원 사업에 혼신의 힘을 쏟았다. 그야말로 물심양면에 걸쳐서…. 주민들의 칭찬이 자자할밖에.

그는 그들 앞에 최대한 겸손한 자세를 취했다. 공병 대대에서 어떤 마을에 다리를 하나 놓아 준다 치자. 그는 지프차를 먼 거리에 세워 놓고 뚜벅뚜벅 걸어간다. 지휘봉은 등 뒤에 감추는가 하면, 모자를 벗어 옆구리에 끼고는 주민들에게 깍듯이 예를 표했다. 그는 입만 열면,

"민군民軍의 유대 강화는 군 전투력의 근간根幹이야."

하는 말을 강조했다. 그러면서 행주산성 승리 이야기를 들먹이기 일쑤였고.

사단에는 일반참모부가 다섯 개 있었다. 인사참모처(G-1),

정보참모처(G – 2), 작전참모처(G – 3), 군수참모처(G – 4), 민
사民事참모처(G – 5) 등. 마지막 인사참모는 유일하게 소령이었
는데도 사단장은 그를 중용重用했다. 그래서 이건풍도 자연스럽
게 아니 일 때문에 민사참모처에 들락거려야만 했다. 물론 민간
인에게 증정하는 '사단장 감사장'이 주 업무였다. 사단장이 어느
민간 단체장(동장이나 학교장) 혹은 개인(병사들에게 친절한 식
당 주인 등)에게 감사장을 증정한다 치자. 공적조서란 말이 어색
하지만, 어쨌든 그 서류를 이건풍이 만들어야 했다. 그리고 감사
장 원안도 작성하고 결재를 얻은 다음, 다시 표창장 용지에다 붓
글씨로 옮겨 쓴다.

지금까지 그의 머리에 뚜렷이 남아 있는 대상자는 '과거를 묻
지 마세요'의 나애심 가수였다. 나애심이 위문단을 이끌고 와서
공연을 한 것. 관련 여담 하나. 정작 이건풍은 연병장에 나가지
도 못하고 감사장 만드느라 여념이 없었다. 사단장실로 올라가
는 언덕길 아래에 부관참모부(참모실)가 있었다. 한참 붓을 잡
고 땀을 흘리는데 왁자지껄 떠드는 소리가 나서 잠시 밖으로 나
와 봤더니, 일단의 장교(참모)들이 장교 식당으로 올라가는 모습
이 보였다. 운전교육대장이란 친구(대위)가 으스대는 게 가관이
었다. 여자 단원들과 함께 움직이면서. 그가 큰소리치는데….

"내가 이래봬도 우리 사단 달구지 사령관이오. 차량 편의는
내가 책임지겠습니다."

낮말은 새가 듣고 밤 말은 쥐가 듣는다 했으렸다? 새파란 대

위의 허풍에 건풍은 차라리 연민의 정을 보냈다 하자. 어쨌든 장교 식당에서 증정을 했는데, 나애심이 글씨가 참 좋다고 해서 이건풍은 자기도 모르게 어깨가 으쓱해질밖에. 사단장은 이건풍에게 나애심의 '과거를 묻지 마세요'를 한 번 불러 보라고 시키는 게 아닌가! 사단장은 그런 사람이었다.

이건풍은 문중섭 사단장에게서 그만큼 많은 걸 배웠다. 특히 표창장(상장 포함)이나 감사장을 두고서는 의기가 투합 되었다 해도 과언이 아니었다. 왜 척하면 삼척이라는 말이 있지 않은가? 그 맞잡이라 해 두자. 표창장(상장)이나 감사장의 권위자(?) 사단장과 그곳에 처음부터 혼을 넣듯 작업하는 둘은, 같은 '장인匠人 정신'으로 통했다 해도 괜찮으리라. 둘의 대화를 엿들어보자.

"이 상병, 감사장 말이야."

"예, 상병 이건풍! 각하 말씀 하십시오."

"타이틀을 제일 큰 글씨로 써야 하지? 그 다음엔 뭐야?"

"예, '공로표창장'이고, 다음이 각하의 함자衝字입니다. 그리고 그보다 약간 작은 글씨로 함자 앞에 보병제26사단장 육군소장이라 하구요. 수상자의 소속과 계급 및 이름의 크기는 조금 작아야 합니다. 본문은 또 더 작아야 하지요. 다만 감사장은 각하와 받는 사람의 직함 소속 등의 글씨 크기가 같도록 씁니다. '섭'자가 한복판에 오도록 관인도 잘 찍어야 합니다."

"그래 맞지. 어때? 새로 온 조수助手는 일 제대로 배우고 있나?"

"예. 각하 저보다 훨씬 더 각하의 기대에 부응할 겁니다."

국방부 시계는 그래도 돌아간다는 말이 있듯이 세월은 그렇게 흘러갔다. 그런데 월남전이 발발하고 국군 파병이 결정되었다. 이건풍은 부관참모부 필수 요원이라 미리부터 '해당사항 무'로 안도하고 있었지만, 하청식은 그 태권도 실력이 오히려 화근(?)이 되었다. 주월 한국군 사령부에서 그를 필요로 했던 것이다. 그는 오히려 반색을 하면서 이건풍에게 말했다.

"형, 외국 바람도 쐴 겸 자의반타의반으로 지원한 셈입니다. 가세家勢가 기울었으니 차숙이도 걱정되고, 나도 학비 마련이란 목적이 있으니 갔다 올게요."

마침 그해 수도사단 1연대 10중대장 강재구 대위의 장렬한 산화 소식이 있었다. 수류탄 투척 훈련을 지도하던 강재구 대위가 부하 병사가 잘못 던진 수류탄을 온몸으로 덮쳐 자기는 산산조각이 나서 즉사했다. 다른 전우들을 전부 살리고. 그에게는 일계급 특진과 함께 무공훈장이 추서되었다. 그 당시의 대대장이 박경석 중령(생도 2기)이었는데, 초대 재구대대장으로 명명命名되어 월남에 가서 혁혁한 무공을 세우는 계기가 되었다. 그 와중에 하청식은 박경석 대대장의 휘하에 들어가서 나름 활약했다. 그걸 계기로 그는 최고로 존경하는 군인으로 박경석 장군과 채명신 장군을 가슴에 새기게 된다. 문중섭 장군인들 어찌 예외이랴!

이건풍은 68년 2월말에 드디어 군복을 벗게 된다. 김신조 일당의 청와대 습격 사건으로 말미암아 몇 개월 늦어진 셈이다. 다행히 하청식도 그보다 조금 늦었지만 월남에서의 임무를 마치고 귀국하여 제대하게 되었고, 그 사이에 하차숙도 서너 달에 한 번씩 이건풍 면회를 왔기 때문에 하청식의 소식은 더러 듣던 참이었다.

어느 일요일 하차숙이 친구과 함께 면회를 와서 이런 이야기를 전해 준 거다.

"건풍 오빠, 청식 오빠의 대대장님은 정말 대단한 분이시래요. 그분은 나이가 너무 어려 힘들게 생도 2기로 입학했답디다. 그런데 6·25가 발발했대요. 부산에서 단기 교육을 받고 임관을 했는데 열일곱 살. 소대장으로 40명의 소대원을 지휘하였답니다. 선임하사가 열일곱 살 많아 그의 도움을 받았는데 포천 전투에서 소대장이 중공군 수류탄 파편을 맞고 중상을 입었다는 거예요. 북한군 병사가 낌새를 차리고 그를 끌고 북괴군 사단장한테 갔다고 합디다."

"그러자 적군 사단장이 미소년 아니 앳된 군관을 보고 설득을 한 거야. 자기 휘하麾下에 들어오면 치료도 해 주고 좋은 자리에서 승승장구하도록 보장하겠다고 회유를 했지."

"아니 오빠, 오빠는 그걸 어떻게 알아요?"

"그분은 워낙 유명한 분이서. 적 사단장의 유혹을 한사코 뿌리친 박 소위는 급한 치료를 대충 받고 남으로 발길을 돌려 부대에 복귀했지. 한데 부대에선 이미 부하들의 증언을 토대로 그가 전사한 걸로 간주, 동작동 국립현충원에 묘지를 조성하고 비석을 세운 거야."

"제가 보기에 그 북괴군 사단장의 휴머니티도 대단한 것 같아
요."

"누가 아니라나? 처남이 귀국하면 같이 한 번 안 가 볼래?"

"당연하지요. 살아 있는 장군의 묘지와 비석 앞에 선다니 어
쩐지 이상한 느낌이 들어요."

어쨌거나 제대를 한 이건풍은 곧 입대 전에 근무했었던 중학
교로 복직했다. 부끄러운 이야기일지 모르지만, '국민교육헌장
國民敎育憲章'을 전지에다 붓글씨로 쓰는 걸 몇 년이나 계속한 일
도 하나의 기록으로 남는다. 100장은 되었으리라. 초등학교에
비슷한 친구가 하나 있어 둘이서 심심하면 그 작업을 계속하여
각급 학교에 나눠 주기도 하였고, 그 덕분에 일찌감치 둘은 교육
감 표창도 받았다. 이념이나 사상을 떠나서 누구나가 인정하듯
이 국민교육헌장은 명문이다. 그는 자부한다. 그 명문이 자신의
일생에 큰 영향을 끼쳤다고.

이윽고 하청식도 학업을 마친 뒤 세무 공무원으로서 세상에
첫발을 내디뎠다. 발령을 받은 곳이 영등포 세무서. 세월이 흘러
이건풍은 그동안 알게 모르게 사랑의 감정을 싹을 틔우던 차숙
에게 면사포를 씌워 새 가정을 이루었다.

이건풍은 정말 열심히 노력한 덕분에 남보다 조금 일찍부터
승진의 꿈을 키워나간다. 당시만 해도 드문 석사 학위도 얻었고,
교원대학교에 파견 나가는 등 몸부림을 쳐서 기반을 닦은 것. 국

전에 특선한 것도 연구실적에 포함되었으니 그의 출세(?)는 떼 놓은 당상이었다 하자.

마흔 여섯에 교감이 되었다. 그야말로 파격이라는 소문이 회자되었다. 결실은 못 봤지만 박사 학위 과정도 1학기까지 마쳤다. 그리고 쉰다섯에 교장 자격 연수를 받는다. 한데 이해찬이 교육부 장관이 되는 바람에 정년이 단축되어 자칫하면 예순 살을 넘기자마자 퇴임할 뻔했다. 도중에 다시 교육청 과장과 국장을 거침으로써 62세 정년퇴임이 가능했지만.

자 여기서 이건풍이 문중섭 장군의 철학을 학교 현장에서 접목시킨 일화 하나.

이건풍 교장은 학생들을 회초리로 다루지 않았다. 여간해서는 학생들을 처벌하지 않았고, '사랑의 매'라는 건 아예 없다는 생각이었다. 모두 문중섭 장군의 영향이었음은 물어보나마나.

수학여행은 항상 폭탄을 안고 떠나는 행사라 교감 교장은 지레 겁을 먹었다. 사고가 잦았던 거다. 교감과 교장이 인솔 책임을 번갈아 지며 경주 불국사며 합천 해인사를 둘러보고 오는데 대개 2박 3일 일정이었다. 그런데 버스 운전기사들이 난폭 운전을 일삼았다. 아찔아찔한 순간을 속절없이 보고 있어야만 했다.

그래서 이건풍은 시즌이 되면 반드시 왕복 코스의 근처에 위치한 경찰서장에게 공문을 띄웠다. 붓으로 두루마리 화선지에 쓴 편지를 동봉해서…. 백차로 어디서 어디까지 에스코트해 달라는 간청이었다. 공문보다 편지가 경찰서장에게 감동을 주는 것 같았다.

일은 거기서 그치지 않았다. 떠나기 전 자신이 직접 표창장 용지에다 학생들의 안전을 위하여 어디에서 어디까지 최선을 다해 에스코트한 점을 높이 평가하고, 공복公僕으로서의 그 정신을 기린다는 감사장을 써서 지니고 갔다. 호수號數 부여를 하고 직인까지 찍은…. 물론 전 경찰관에게 다 증정하는 것은 아니다. 정말 소명 의식으로 자기 아들딸처럼 학생들을 지켜 주는 모범 경찰관이 그 대상이었다. 경위에서 순경이 이르기까지! 한 가지 결점이 있긴 했다. 받는 경찰관의 소속과 계급 성명을 선 채로 붓펜으로 써야 한다는 사실. 그래도 학생들의 우렁찬 박수를 보내는 모습을 보면서 보람을 만끽하던 이건풍 교장이었다.

그 덕분에 승진한 경찰관이 더러 있다. 세 명? 그도 그럴 것이 경찰서장과 교장은 서기관 예우로 직급상 동일하다. 하지만 이럴 때의 감사장은 경찰국장의 표창장보다 위력(?)이 있었다 하자. 마침 〈부산 매일〉에서 이를 기사화 해 줌으로써 아직 우수 사례로 전해져 내려온다.

이건풍은 슬하의 2남 1녀 자식들이 전부 타처에 나가 사는 터였다. 장남은 전북 전주全州시 공무원이고 둘째는 일산의 중견 기업 사원이다. 막내(딸)이 처남의 중매로 영등포구청 6급 주사와 결혼하는 바람에, 부부가 막내와 합가해서 살게 된 것이다.

어느 날 성당에 갔다가 참으로 반가운 사람을 만났다. 전투복 어깨에 불무리 마크를 단 병사! 건풍은 돌아서있는 병사를 불렀다.

"어이, 병사! 나 좀 보세."

당황한 병사가 얼떨결에 경례를 올려붙였다.

다음 순간 건풍은 기절할 뻔했다. 가슴에 붙어 있는 '군종병사軍宗兵士' 마크! 죄송하다는 말이 바로 튀어 나왔다. 군종 병사는 26사단 불무리 성당에서 복무한다고 했다. 외출했다가 미사 참예參詣 차 들렀다는 것. 이건풍이 제대할 무렵 터를 닦고 있었다는 말을 건넸더니, 군종 병사는 성당 건물이 근사하게 지어진 지 반세기가 지났다고 했다. 이건풍은 부산에서 교직에 있다가 정년퇴임하고 지금은 딸집에 와 있다고 덧붙였고. 그러자 군종 병사는.

"선생님, 저희 성당에 한 번 들러 주셨으면 좋겠습니다. 옛날 군 시절 이야기해 주시고요. 부활절에 '내 발을 씻기신 예수' 그 성가 아시면 좀 불러 주셨으면 합니다."

해서 이건풍은 하청식과 함께 50년 만에 26사단 앞 백석마을을 찾게 된다. 물론 목적지는 불무리 성당. 실로 만감이 교차하는 순간이었다. 그는 제대하던 그해 말에 세숫비누 몇 상자를 부관참모부 전우들에게 보낸 적이 있어, 그걸 나름 아름다운 추억으로 삼았다. 12*기보대대장과 군수참모와 부대에 들어가 부관참모부 인사과 사무실을 창으로 들여다볼 때 눈물이 났다.

부끄러운 고백이지만 몇 년 동안 박경석 장군의 묘소에 가보지 못했었던 게 늘 마음에 걸리던 참이었다. 내친걸음이라 유성온천에 있는 박경석 장군 댁의 주소를 알아 불원천리 거기 다녀왔다. 그분은 존경받는 군인이자 소설가다. 세종시 청사 곁을 스쳐 지나가서 그분 댁에서 두 시간 넘게 머물다가 왔다. 그분은 채명신 장군과의 인연이며 자신의 묘소 이야기를 들먹였다. 참 유익한 시간이었다. '한국전쟁문학상' '한글문학상' 등이 진열대를 장식하고 있었다.

다음 주에 이건풍과 하청식은 서울역에서 합류하여 지하철을 타고 동작동 국립현충원까지 갔다. 지하도 밑에서 꽃을 사면 훨씬 싸다는 소문도 들었던 터, 마음씨 착해 보이는 아주머니한테 화환 세 개를 샀다. 채명신 장군 묘역에서 '전선 야곡'을 부르고 동영상으로 찍었다.

이윽고 박경석 장군 묘 앞에 섰다. 두 번째이지만 좀 찾기가 힘들었는데, 사진을 찍고 그걸 스마트폰으로 박경석 장군에게 보냈더니 그의 호탕한 목소리가 터졌다.

"허허, 이 하사가 내 심중心中을 아는구려. 하청식 전우랑 정말 고맙소."

그리고 돌아서 지하철역으로 오는 길,

"처남, 내 조수가 참 그립소이다. 권홍규라고…. 한 번 만나는 게 소원이오. 문중섭 장군 다음 한무협 장군이 사단장이었는데, 권홍규 그 친구가 그분을 모셨고…."

"내가 찾을 수 있습니다. 개인 정보라 무리일지 모르지만 그만한 이유와 명분이 있으니까."

하여튼 며칠 안에 하청식은 이건풍에게 권홍규의 전화번호와 주소를 알려 주는 게 아닌가! 귀신이 곡할 노릇이었다. 세무 계통에 있었던 사람은 그런 재주(?)가 있다고 해서 웃었다. 권홍규는 인사동에서 필방을 열고 서예학원도 운영한단다. 이건풍은 권홍규에게 편지를 보냈다. 지난 50년간의 개인사를 붓이 아닌 네임카드 펜으로 궁체 흉내를 내면서 쓴….

우체국으로 떠나기 전, 그가 정말 존경하는 예비역 육군 대령 황재영 선배에게 전화를 내었던 사실을 빠뜨릴 수 없다. 다음 날 시간을 좀 내 주면 국립현충원에 같이 가고 싶다고 했다. 무슨 사연이 있느냐는 물음에 그는 대답했다.

"제가 모시던 사단장님 두 분이 거기 장군 묘역에 누워 계실 겁니다. 두 분께 엎드려 인사를 드리고 싶습니다."

황 대령은 좋다고 화답했다. 이튿날 도중에 만나서 점심 식사를 하고 곧장 현충원으로 갔다. 휴게실에서 꽃다발 세 개를 샀다. 지하도의 그 아주머니가 없어서였다. 역시 비쌌다. 안내실에 들러 문중섭 장군과 한무협 장군의 묘소 참배를 왔다고 했더니 친절하게 안내를 해주었다. 약도를 보고 장군 묘역을 찾으라고 덧붙였다.

둘은 채명신 장군 묘소와 박경석 장군의 묘소(아주 가깝다)에 발걸음을 하고 거수경례로 예를 표한 뒤 한참 걸어 올라갔다. 도

중에 건풍은 전설의 포병 김풍익 중령의 묘를 알아보려고 여기 저기 전화를 해봤으나 불가했다. 그분의 유해를 찾지 못했다는 게 아닌가! 까마득히 올려다 보이는 위패 밑에 서서 인증샷만 찍고 발걸음을 재촉했다.

드디어 장군 묘역에 들어섰다. 하지만 생각보다 두 분 묘소를 찾기 힘들었다. 안내하는 직원의 도움을 받아 마침내 문중섭 사단장의 묘소 앞에 설 수 있었다. 눈시울이 젖어왔다.

그도 그럴 것이 이건풍 자신의 일생에 가장 큰 영향을 끼친 은인과 50여 년 만의 해후邂逅였으니까 말이다. 그분이 가톨릭 신자이었다는 사실도 묘비명을 통해서 알았다. 고맙게도 황 대령은 여러 번 셔터를 줄러 주었다. 50년 세월이 주마등이 되어 스쳐 지나갔다. 둘은 한참이나 그 자리에 그릴 듯이 서 있다가 발길을 돌려서 봉안당으로 내려왔다.

한무협 사단장의 유해는 너무나 높은 곳에 위치해 있었다. 부사관의 봉안당도 바로 눈높이에 있는데 장군이 저렇게 푸대접(?)을 받나 싶어 의아해 한 것도 잠시뿐, 세상을 떠난 차례대로 모신다는 설명에 고개를 끄덕여야 했다. 꽃다발을 들고 사진만 찍은 뒤돌아 나와야만 했다.

입구로 걸어 내려오면서 이건풍은 황 대령에게 말을 건넸다.

"며칠 새에 저는 다시 두 분을 찾아뵈어야겠습니다."

그게 무슨 뜻이냐고 황 대령은 반문했다. 건풍은 두 사단장에게 감사패를 드리고 싶다는 대답을 했다.

"생각해 보십시오. 제게는 은인인 두 분이십니다. 특히 문중섭 장군님은…. 저승이 멀다 한들 제 가슴에서 우러나는 감사한 마음을 새겨 묘비 명 밑에 둠으로써, 제 마음을 전하고 싶은 겁니다. 후손들이 온들 그걸 치우기야 하겠습니까?"

"아하, 과연 이 하사다운 생각이구려."

"제 조수 권홍규의 주소와 전번을 처남이 일러 주었습니다. 그를 만나 의견 접근을 봐야지요."

"그 친구가 별로 달갑지 않게 생각한다면?"

"그럴리가요. 만약 그렇다면 한무협 장군님 화환 값 5만 원 제가 다 부담하지요. 그리고 또 하나 우리 둘이서 각기 붓으로 감사패 글씨를 써서 국방부 앞 가게에 들러 맡기면 멋진 감사패를 만들어 주겠지요. 비나 눈에도 견딜 테고 영원히 그 자리에 있을 겁니다."

귀가하는 발걸음이 가벼웠다. 나지막한 건풍의 부르짖음에 되레 힘이 실렸다.

"저승으로 가는 감사패!"

'눈먼돈' 최종 향방向方

'요동시遼東豕'는 황보농皇甫農 씨의 아호다. '황보'가 성씨임은 두말할 나위가 없다.

여기서 잠깐! 요동시라니, 누구든 처음엔 의아해하면서 고개를 갸웃거릴지도 모를 일. 그 설명부터 먼저 하자.

요동遼東에 옛날 바깥출입과 담을 쌓고 사는 한 농부가 있었단다. 외딴 곳이지만 곡식도 재배하고 돼지도 길렀던 모양이다. 어느 해 어미돼지가 새끼를 낳았는데 그 중 한 마리가 흰색이 아닌가?

그는 그 녀석을 대한한 길조吉兆로 여겼다. 해서 그 녀석이 어느 산을 정도 자랐을 때, 임금에게 갖다 바친다면서 집을 나선다. 그는 넘고 물을 건너 대궐로 향해 부지런히 걸었다. 몇 날 며칠 동안 지칠 줄도 모르고, 노래까지 흥얼거리며 강행군을 계속

했다. 지칠 법도 했겠지. 하나 그의 머릿속은 임금을 알현하여 그 돼지새끼를 진상하고 큰상을 받는다는 생각으로 가득 차 있었다. 그래서 그는 가끔씩 겪는 풍찬노숙風餐露宿 자체까지 즐거움으로 여길밖에.

닷새가 후딱 지났을 무렵 그는 서른 가구 안팎이 사는 것으로 짐작되는 마을에 들어섰다. 그런데 이상하다. 온 마을이 떠들썩한 분위기고, 사람들의 얼굴마다 웃음꽃이 만발해 있는 게 아닌가? 어떤 노인을 붙잡고 물어봤더니 그가 말한다.

"아, 나그네. 오늘 이 마을에 결혼 잔치가 열린다오. 젊은이도 나중에 그 집에 들르구려. 돼지고기나 실컷 먹고 말일세…. 한데 젊은이는 왜 돼지를 안고 여길 지나가는가? 이상하이."

하여튼 그는 고맙다는 인사를 하고 나서 군침부터 삼켰다. 이거 얼마 만인가? 네 발 달린 짐승 고기를 먹어 본 지가 말이야.

이윽고 잔치가 열리는 모양이었다. 농부는 헛기침을 하고 그 집 안으로 들어섰다. 한데 사람마다 그를 보고 킥킥대며 웃지 않은가? 돼지가 자식이라도 되는 줄 착각하느냐며 손가락질을 했다. 그는 정색을 하고 그 사연을 설명을 해야만 했다. 이야기를 들은 사람들이 그제야 딱하다는 듯 혀를 찬다. 쯧쯧! 그들이 덧붙이는 말은 그를 절망으로 몰아 넣는다.

"저런! 나그네가 몰라도 너무 세상을 모르는구려. 이 세상에 흰 돼지가 얼마나 많은데…. 이 집에서만 해도 오늘 잡은 세 마리 돼지가 모두 흰색이오."

이하는 생략하자. 이와 같이 세상 물정을 모르는 사람을 '요동시'(혹은 遼東之豕)라 했다고 전해진다. 사실 첫머리에 나오는 황보농 씨도 그런 축에 들어간다. 자타가 공인한다고 공통분모를 내세워 설명해 보자. 황보 씨 자신 그 농부를 닮아도 너무 닮았으니, 행여나 비유가 될까 봐 하는 소리다.

황보농 씨가 이 '요동시'를 자기 명함에 박아 넣게 된 것은 40대 중반부터였으니 거의 마흔 개 성상을 넘겼다. 그는 까닭 없이 몸이 아파 이 병원 저 병원 전전한 시절이 있었다. 좀체 낫질 않았다. 물에 빠진 사람이 지푸라기라도 잡는 법이다. 마침내 그는 '민약民藥 따라 삼천리'라는 어느 일간지 기획 시리즈 기사를 읽고선, 혼자서 몹시도 추운 날 불원천리 거기를 찾아가기도 했다. 무주 구천동 뱀탕을 먹으려고. 요컨대 그에게는 정상에서 벗어난 행동거지가 많았다는 반증이다.

그 무렵 그는 학교 동기인 경재 조영조 선생을 가끔씩 만나게 된다. 그는 황보농 씨보다 공부를 많이 해서 대학원도 졸업한 친구다. 한학이 깊어서 부산시 문화재 전문위원으로 있었다. 경재 선생은 여자상업고등학교에서 국어를 가르쳤으며, 워낙 빼어난 서예 솜씨를 바탕으로 여기저기 많은 문하생을 두고 있었다.

경재 선생의 처방으로 황보 씨는 병마에서 벗어날 수 있었다. 서식 건강법이라 해서 한창 유행하던 생수 마시기, 풍욕, 냉온욕 등을 생활화하기 2년 만에 정상인으로 돌아온 거다. 이승을 먼저 뜬 경재 선생을 황보농 씨가 못 잊는 까닭이다.

이런 거짓말 같은 실제 이야기도 경재 선생이 아니면 황보농 씨가 세상에 회자시키지 못했으리라. 둘이서 어느 해 여름 방학에 양산군 원동면 배냇골이라는 산 높고 물 맑은 곳으로 들어가게 된다. 경재 선생이 거기 집을 하나 사 놓고 가끔 들어가 서예 공부를 했던 것이다. 사흘째 아침 경재 선생이 말했다. 참 경재 선생이 홍보농 씨보다 두 살 연장이다.

"이보오, 황보 형. 이제 당신 몸도 많이 나아졌으니 마지막 고삐를 죄어 보는 게 어떨까?"

"나야 뭐 형 시키는 대로 할 거니 주문이나 하세요."

"'백초유형百草有靈'이란 말이 있어. 백 가지 약초를 먹으면 분명히 영험을 볼 수 있다!"

"좋지요. 따라 하리다."

둘은 그날 저녁부터 음식량을 점점 줄여 나감으로써 새로운 시도에 대비했다. 며칠 동안은 냇가에 나가서 천렵을 해서 피라미와, 경상도 사투리로 '뿍지'라는(표준말 동사리) 고기를 잡아 어탕을 끓여 먹기도 했고. 일주일 되는 날부터 경재 선생이 일러주는 대로 산야의 풀만 뜯어 먹는 기이한 일을 시작한 거다. 몸이 가벼워지는 걸 느낀 둘은 외관부터 달라지는 걸 보고 웃음을 주고받았다. 한데 이윽고 일찍부터 '만개'했던 황보농 씨의 얼굴 저승꽃(검버슷)이 사라지기 시작하는 게 아닌가?

불가사의한 일이 연거푸 일어났다. 그 중 하나. 경재 선생과 인근 암자에 갔다 내려오는 길이었다. 도중에 경재 선생이 신기

하다는 표정을 짓더니,

"이보오, 황보 형. 네살 때 내가 평촌 댁 할머니 밭가에 서서 오줌 누던 생각이 나는데? 민들레꽃이 세 송이 피었었어. 동네 사람들이 산에 덫을 놓았었지. 거기 호랑이가 걸렸지 뭔가? 밤 낮으로 그 덫을 달고 어훙, 어훙 포효하던 소리가 지금 생생하게 들리기도 하고…. 잊고 있었던 추억(?)이오. 이거 기억이 완전히 되살아나는 게 아니오."

간이 좀 나빴었던 경재 선생은 완치된 후 몇 년을 호기롭게 이 승에 머물다가, 예순한 살 되던 해 한겨울 사고사를 당하고 말았다. 오호통재라! 그를 생각하면 황보용 씨의 눈가에 이슬이 맺힐 밖에.

경재 선생은 생전 황보용 씨에게 이런 말을 한 적이 있다. 바로 그 '요동시'란 고사성어에 부연 설명을 한 거다.

"황보 형, '요동'은 우리나라 신의주 북쪽의 중국 땅이야. 삼 각형으로 바다를 향해 튀어나온 반도. 시豕는 돼지 시요, 돼지는 한자로 豚으로 쓰기도 하지. 또 다른 돼지는 저猪. 아, 이건 멧돼 지를 가리키는 거고. 요동시는 해석하기 나름이지. 돈豚은 살찐 어린 돼지이고, 시豕는 조금 자란 놈. 고기 육肉 변이니, 가장 맛 있는 놈이 돈豚이지. 식당에 돈육豚肉이라고 써 놓은 까닭이 자명한 셈이랄까? 반면에 '저육 볶음'이라던데, 멧돼지 고기일 턱이 없으니 그건 얼토당토 않는 말이오."

"나도 한 얘기 할까? 우리 수필가협회 회지가 있어요. 어떤 회원이 아들을 결혼시키게 되었어. 청첩장을 보낼밖에. 그 혼주는 김태길 교수나 차주환 교수 등 당대의 이름난 수필가와 교유하는 사람이라 많은 하객들이 몰려들었답디다. 축의금이 상당히 많이 들어왔던 모양이야. 그래서 다시 감사 인사장을 돌리는데…."

"얘기해 보소."

"(전략) '돈아豚兒'의 결혼식이 성황을 이루고, 더구나 과분한 축하의 뜻을 전해 주셔서 감사합니다. (하략), 뭐 이런 문장으로 말이야. 한데 이 양반이 '돈아' 다음 괄호를 안 하고 그냥 보냈더라나? 얘기의 압권(?)은 거기서 비롯됐다오. 인사장을 접한 사람이 전화를 건 거야."

"뭐라고 했는데?"

"돈아의 결혼을 다시 한 번 축하드립니다. 새 가정에 축복이 있기를 기원합니다."

"저런! '돈아豚兒'는 자기 자식을 남 앞에 낮추어 지칭할 때 쓰는 말인 줄 몰랐다는 말 아닌가?"

"한데, 당시만 해도 드문 국제결혼이었다오. 신부 이름은 마리아!"

그러니 둘은 배꼽을 잡고 허공에 고소苦笑를 날릴밖에.

둘의 대화는 계속되었다. 끝자락에 이르러 조영조 씨가 황보농 씨에게 쓰도록 권한 아호가 '요동시'였다. 우물 안 개구리 식으로 오해를 받을 수 있지만, 그래도 세상사와 타협하거나 휘둘리지 않는 그의 삶을 함의含意하고 있다는 까닭에서였다 하자. 한데 그걸 받아들인 황보농 씨는 약간 그 결을 달리하고 있었다. 한마디로 압축하면 이렇다. 그래 나 못났으니 남과 다른 삶을 살 수밖에!

물론 아호가 무슨 기속력羈束力이 있어서 그런 건 아니다. 하나 황보농 씨 아니 요동시는 그로부터 외롭지만 더욱 별난 인생 역정을 보내는 게 일상화되었다고 하자.

요동시는 동료들과 어울리는 그런 자리에 불참하기 일쑤였다. 특히 술과는 담을 쌓았으니 외톨이로 따돌림을 받는 경우가 다반사였다. 그래도 그는 경재 선생의 이 말을 항상 떠올렸다. 우물 안 개구리와는 달라요. '요동시!' 시야를 넓히기에 따라서 다른 성취동기를 갖고 세상을 헤쳐 나갈 수 있다는 시사점을 내포하고 있어. 당신이 그 주인공이 되어 보란 말이지.

아래에 자세하게 소설 같은 이야길 펼쳐 나간다.

그는 기박碁博조차 손에 대지 않았으나 유일한 어울림의 매체는 화투? '고스톱' 말이다. 그런데 행인지 불행인지, 파장을 불러올 씨앗은 거기서도 잉태되었는지 모른다. 그는 잃어 본 적이 거의 없으니까. 머리 회전이 빨라서가 아닌데, 하여튼 그는 적어도 고스톱 판에서는 백전백승 따기만 했다. 그러니 그를 좋아할 이 누가 있으랴. '운칠기삼'? 아서라, 말이 쉬워 '운'이 칠 할割이지 요동시에게는 기技가 십十이다. 그가 가끔 하는 말이다.

"마흔여덟 장이 갖고 있는 수백 수천 가지의 오묘한 경우의 수를 꿰뚫지 못하는 아마추어들의 푸념에 지나지 않는다. 그걸 조어造語라고 내세워? '운칠기삼' 말이야."

그는 개평을 안 주고 안 받기로 이름나 있었다. 상대가 손을 내밀기라도 할라 치면 그는 구시렁거렸다. 내 노동의 대가야, 더 열심히 연구해서 후일을 도모하지 그래. 억울하면 출세하라는 말도 못 들었어?

그러니 듣는 이로 하여금 혀를 내두르게 하는 고스톱에 얽힌 기가 막힌 얘기가 없을 수 없다. 연달아 털어 놓으려면 걷잡을 수 없을 정도로 수두룩하지만 딱 한 개만 들먹여 본다.

여름 방학 중인 어느 날 그는 시내 어느 본당 주임신부의 전화를 받는다.

"찬미 예수님! 요동시 아우구스티노 형제님. 오는 주일主日 저녁, 아니 밤에 시간 좀 낼 수 있겠습니까?"

"주임신부님, 당연하지요. 어떤 일이 있으십니까?"

"이런 말씀 드리기가 퍽이나 쑥스러운데, 제가 다음 월요일부터 두 주일 동안 휴가거든요. 물금읍 변두리에 천년 고찰이 있는데 거기 좀 다녀올까 합니다."

"따라가야지요. 저는 주임신부님 팬 아닙니까?"

"한데, 그날 거의 철야徹夜를 하다시피 해야 하는데….."

주임신부는 잠시 머뭇거렸다. 이윽고 다시 말을 잇는데 진짜 경천동지할 내용을 털어 놓는다. 그동안 가끔 하느님 말씀을 거역하고 사찰에 가서 주지스님과 고스톱을 치고는 했다고 고백을 하더니,

"하느님도 무심하시지. 난 늘 잃는 편이거든요. 대가(?)인 형제님과 같이 가서 따고 싶습니다. 스님들의 코를 납작하게 해드리고 싶어요. 하느님과 부처님의 진검승부? 허허. 그리고 새마을금고 이사장도 동행합니다."

"까짓 거를 갖고 망설이시다니, 주인신부님답지 않으십니다. 제가 가서 원수(?)를 갚아 드리겠습니다. 한데 주임신부님, 진검승부眞劍勝負란 말씀은 삼가서야지요. 일본말 찌꺼기라….."

"하하, 또 요동시다운 말씀을 하시네요."

정말 주임신부가 고마웠다. 무심결에 성호경을 긋고 말았다. 기왕지사, 그는 부르짖었다. 천하의 요동시, 살맛이 나게 되었다며 부르짖었다. 솜씨를 발휘할 절호의 기회를 주신 하느님 감사합니다!

세속인들은 성직자들의 그런 풍습 내지 문화를 잘 모른다. 하지만 고스톱의 달인 요동시의 안테나엔 그 정도 정보야 쉽게 잡힌 지 오래 아니던가? 더구나 그의 '신앙 고백집' 『천주교야 노올자』 창작 때 정말 많이 도와 준 주임신부임에랴.

나흘이 지나고 드디어 약속 날짜가 되었다. 세면도구며 간이복 따위를 대충 챙기고 도박(?) 자금(큰돈과 5백 원 동전)을 넉넉하게 챙긴 요동시는 가족들에게 천년 고찰에 간다고 둘러대고

는 집을 나섰다. 도로가에서 기다리던 새마을금고 이사장의 차에 편승해 약속 장소인 사제관 앞으로 바로 갔다. 주임신부도 만반의 준비를 갖추고 기다리고 있었다.

물금읍을 지나고 40분쯤 달렸을까? 승용차는 천년 고찰 앞에 닿았고 일행은 주지스님의 마중을 받았다. 주지 스님의 방에 들어가 인사를 나누고 셋은 대강 씻은 뒤 저녁 공양까지 마치고 나서 환담을 나누고 있는 사이 주지 스님 왈,

"산승山僧 오늘 저녁 예불까지 마쳤습니다. 밖으로 가실까요?"

다시 두 대의 승용차에 분승하여 20분쯤 들어갔는데 황토로 지은 아담한 집이 나왔다. 주지스님과 부주지 스님, 주임신부, 이사장, 요동시 등 다섯 사람은 차에서 내려 어떤 별실로 들어갔다. 이미 세속에(?) 들어 선 다섯! 군소리 별로 없이 군용 담요를 펼치고 둘러앉았다. 드디어 화투 한 모가 놓이자 주지스님과 주임신부가 차례로 패를 뗌으로써 써 선先을 보았고. 다섯이니 셋은 직접 노름(?)에 참가하고 나머지 둘은 광光을 판다. 점당 5백원…. 경찰이 덮쳤으면 진짜 도박으로 간주 처벌을 받을 정도의 큰판이다.

시간이 흐를수록 사찰 대표(?) 둘은 얼굴이 상기되어 갔다. 반면 성당 대표 셋 중 특히 요동시는 돈 긁어모으기에 바빴다. 자기가 '설사'해서 다음에 그걸 도로 갖고 오면서 상대의 '피'를 뺐을 때 이런 농담도 튀어 나올 지경에 다다랐다. 집 나간 며느리 얼라(아이) 배어 오네! 성性과 담쌓은 성직자 셋 앞에 '정사情事'

라니 기가 찰 노릇이었고 말고.

새벽이 가까워지자 '빈익빈 부익부'의 격차가 더욱 심해졌다. 아니 사찰 대표 측으로 봐서는 갈수록 태산이라는 비명이 터질 만할 때쯤 모두가 손을 털고 일어서고 말았다. 결산을 대충해 보니 요동시의 불로소득(?)은 20만 원을 조금 넘겼다. 손해는 사찰 대표 둘에게 고스란히 돌아갔고. 주임신부와 새마을금고 이사장은 출연료 없는 엑스트라로 약간은 겸연쩍은 표정을 짓는 것으로 만족…. 20만 원의 뒤처리는 설명을 자제해야겠지만 글쎄, 어땠을까?

그 뒤로도 몇 번 대결이 이어졌으나, 요동시 앞에 사찰 대표들은 무릎을 꿇어야만 했더란다.

그때쯤엔 요동시도 주례를 많이 서기로 이름나 있었다. 모두 경재 선생의 덕분이었다. 요동시는 주례 앞에 혹은 괴짜라는 수식어를 달고 있었다. 경재 선생은 '명名 주례'였고.

요동시는 일요일엔 소위 직업 주례로서 시내 몇 군데 예식장에 부지런히 드나들게 되었던 거다. 괴짜! 언행 자체가 남의 시선을 끌기 충분했기에 당연히 따라올 수밖에 없는 별칭이기도 했다. 다른 미사여구 따위 동원해 봤자 헛일일 테니 아래 일련의 사례들로 증언(?)하자.

그는 일 년을 통틀어 거의 며칠도 쉬지 않는 남자였다. 남은 도무지 흉내를 낼 수조차 없는 주례 기담(?) – '일화'보다는 더 설득력이 있으리라—을 동구청 예식장에서 생산해 냈다. 그는 거침없고 현란하게 결혼식을 이끌어 나갔다. 폭소도 자아내게 하지만, 이내 수그러들게 할 줄도 알았다. 관계 되는 가족이나 이웃으로 하여금 눈시울을 적시게 하는 경우도 적지 않았다.

참 여기서 잠깐, 그 예식장에서 모든 일을 주선하는 사람은 안향규 사장이었다. 요동시는 부산시 기획관리실장으로 있었던 정양석 구청장의 도움을 받기도 했다. 그가 부산시문화상과 쌍벽을 이루는 큰상을 받았을 때 정 구청장은 상전계장이었음도 밝히자. 구청장은 요동시가 노태우 대통령 내외를 시정보고회에서 만나게 해 준 은인(?)이기도 했다.

하니 일요일 열한 시부터 오후 늦게까지, 요동시는 구청 밑 부산진 시장에서 시간을 보내는 경우가 허다할밖에. 바로 거기서 돼지 국밥으로 점심을 때우고 노상 카페에서 커피도 마셨다. 하루에 예사롭게 세 쌍 앞에 서서 기염을 토했다. 15만 원 수입. 그러니 동구청(예식장)이야말로 요동시에게는 은혜의 공간이고도 남았다 할밖에. '인연'을 앞세워 몇 가지만 들먹여 보자.

그날 주례는 두 쌍이었다. 먼저 서면 로터스 예식장에서 기가 막히는 일 하나를 겪었다. 축가를 부른다는 친구가 신곡이라는 대중가요 하나를 붙잡고 어찌나 멈칫거리는지…. 마음을 졸일 대로 졸였다. 급히 사진을 찍고 부리나케 도로가로 뛰어나왔지만 택시가 잘 잡히지 않는다. 천신만고 끝에 동구청에 도착했는데 세상에 시작 15분 전이다. 아슬아슬하게 약속 시각을 지킨 셈이다. 마음을 졸이던 안영규 사장이 저만치서 안도의 숨을 쉬는 모습이 차라리 애처롭게 느껴졌다.

요동시는 땀을 훔칠 겨를도 없어 소매로 이마를 슬쩍 문지르고는 주례석 탁자에 얹힌 청첩장을 보았다. 신랑 문복ㅇ 씨의 장남 백ㅇ필, 신부/촉ㅇ트바요르의 장녀 오란빌ㅇ! 그는 쾌재를 부르지 않을 수 없었다. 아, 신부가 외국 규수로구나! 지난 일요일 두 번째가 공년조옷 씨와 응원티베의 차녀 김ㅇ희 양(베트남 규수인데, 이미 개명을 한 모양)이 신부였는데, 오늘 또 '국제결혼식'을 집전하게 되었다. 이 얼마나 가슴 뿌듯한 일인가?

잠시 자리에 앉아 있으려니 중년 남자가 허리를 굽히면서 인사를 건넨다. 사회를 맡은 김아무개란다. 요동시는 눈치를 챌밖에. 아, 신랑이 나이가 제법 든 모양이구나.

이윽고 안영규 사장과 그의 부인 권혜옥 수모—도우미를 그렇게 부르는 모양인데, 실제 그들의 역할은 대단하더라—까지 가까이 다가오더니 오란빌ㅇ 양은 몽골 규수란다. 그러면서 부인이 봉투를 내민다. 주례 사례다. 요동시는 눈치껏 받아 넣고는 반대쪽 호주머니에서 뭘 하나 끄집어내어 부인의 손바닥 위에 슬쩍 얹었다. 받은 것은 7만 원, 준 것은 2만 원. 요동시와 그들 부부의 아름다운 거래는 오랫동안 이어져 왔던 거다. 안영규 사장의 귀띔.

"신랑 신부가 이미 남매를 두고 있으며 큰애가 초등학교에 다니고 있습니다. 오늘도 축가 한 곡을 불러 주셔야 하겠습니다.

'사랑으로'나 '10월의 어느 멋진 날에', 둘 중 하나로⋯."

요동시는 속으로 환호를 했다. 야호! 여태껏 하객 수나 식장 내의 온도 차를 보고 재량으로 축가 열창(?) 여부與否를 결정하였었다. 한데 오늘은 황망 중에도 안영규 사장이 '불감청이언정 고소원'인 요동시 자신의 심사를 어찌 미리 헤아리고 있었다는 말인가.

그는 그렇게 짐짓 약간의 여유를 부리고 있었다. 신랑 신부의 아들딸이라는 귀여운 남매가 요동시 앞으로 쪼르르 달려 나온 것은 다음 순간이었다. 누나가 참 예쁘게 생겼다. 두 살 터울인 것 같은 작은아이(아들)도 보통 인물이 넘는다. 묻지도 않았는데 자기가 다니는 학교 이름까지 댄다. 얼굴과 행실로 봐서 '따돌림' 따윈 걱정하지 않아도 좋을 듯했다.

여기서 잠깐! 입버릇처럼 말하지만 주례 선호 조건 중의 하나가 키다. 164 센티미터가 될까 말까한 요동시는 그래서 약간 기가 죽는다. 물론 보조 무대가 항상 마련되어 있어서 그럭저럭 넘기긴 하지만, 동구청에서만은 비상수단이 하나 있어 더욱 마음을 놓는다. 바로 옆에 있는 별실에 키높이 구두를 한 켤레 감춰 둔 것.

이윽고 예식이 시작되었다. 신랑 신부가 입장할 때부터 요동시는 만면에 웃음을 띠고 팔도 치켜들어 보이는 등 짐짓 여유를 부렸다. 마흔일곱 살 신랑(장신이었다)과 여남은 살 아래인 신부는 썩 어울렸다. 특히 신부가 보기 드문 미인이다. 하여튼 일

사천리로 결혼식을 이끌어 나갔다. 군소리를 할 눈치를 보이는 사회에겐 수시로 고개로 주의를 촉구했고.

이윽고 요동시가 기다리고 기다리던 주례사 순서. 항상 그래 왔듯이 그의 주례사는 간단하기로 정평이 나 있다. 그날도 마찬 가지. 은사인 정신득 학장의 수필 '그물 한 코'를 인용한 것. 그물 한 코만으로써는 아무리 애써 봤자 참새 한 마리도 잡지 못한다. 그러나 그 그물 수백 코가 이어졌을 때는 다르다. 수확收穫의 의미를 거기서 찾자. 그런 뒤 그걸 사회로 되돌리는 것, 그게 자아실현이다. 3분이면 그 얘기는 끝났다. 이어 주례의 독창…. 그는 머뭇거리지 않고 피아노 앞으로 성큼성큼 다가갔다. 물론 신랑신부를 그대로 세워 놓은 채. 전주가 끝나고 나서 몇 초도 안 걸려 다시 제자리로 돌아온 그는 목소리를 높였다. ♪**눈을 감기 힘든 가을 하늘보다 저 하늘이 기분 좋아/ 휴일 아침이면 나를 깨운 전화…살아가는 이유 꿈을 꾸는 이유 모두가 너라는 걸/ 널 만난 세상 더는 소원 없어…7월의 어느 멋진 날에…♬**

물론 '1월의 어느 멋진 날에는' 개사改詞를 한 거다. 그때가 7월이었기 때문이다. 아무튼 식장 안은 열기의 도가니로 변하고 말았다. 그 노랠 모르는 사람은 거의 없기 때문이다.

이걸 낙수라 하면 폄하하는 결과로 비쳐질까봐 염려스럽다. 하여튼 곧바로 진짜 감동 장면이 연출되었으니 바로 이거다. 신부 측 혼주석에 우리나라에 시집 와서 산 지 오래된 이모姨母가

앉아 있었다. 그런데 이모의 나이가 신랑보다 몇 살 아래라는 안영규 사장의 귀띔이다. 신랑 신부가 양가 부모에게 인사를 할 때, 신랑이 사회의 안내에 따라 큰절을 한 것! 신부는 그 순간 기쁨의 눈물을 터뜨렸다. 쓸데없이 또 자랑이냐고 나무람을 받을 각오로 요동시가 닫았던 입을 다시 연다. 그날 대단원의 막을 아래와 같이 축복으로 마감했더라나?

그날 그는 기분이 참 좋아서 '쾌척'을 실행에 옮긴 거다. 그는 주례 사례가 든 봉투에다 5만 원 짜리를 석 장 더 보탰다. 그걸 꼬깃꼬깃 접어서 손에 쥐고 있다가 주례와 새 출발하는 부부와 셋이서 사진 촬영을 할 때, 신랑 호주머니 안에 밀어 넣었다는 얘기. 들릴락말락한 목소리로 축하 인사하는 것도 잊지 않았다. 잘 살게!

'가짜 어머니' 사건도 빼놓을 수 없다.

색동 어머니회라는 전국 단위 단체가 있다. 동화 구연으로써 사회에 봉사하는…. 어머니회니까 당연히 결혼을 해야 자격이 주어진다. 요동시는 어느 날, 손복래라는 회원의 뜬금없는 방문을 받았다. 회원 여럿과 함께 어울려 요동시를 찾아온 거다. 손복래 회원이 입을 연다.

"요동시 선생님, 결혼 주례를 좀 서 주실 수 있을는지요?"

"그럼요. 당연하지요. 신랑 신부가 누굽니까?"

"신랑은 천천히 말씀드리기로 하고 신부를 먼저 소개하겠습니다. 신부 손복래.”

“아니, 앞에 있는 손복래 씨는 아이 어머니 아닙니까? ‘색동 어머니회’ 회원인데…. 실례 같습니다만, 행여 재혼하시는 겁니까?”

정색을 한 손복래 씨가 잇는 말에 되레 탄성이 터져 나왔다. 너무 동화 구연을 좋아해 오랜 전 아이를 둔 어머니라고 속인 채 대회에 출전했는데 금상에 입상했었다는 것! 얼마 뒤에 사실이 밝혀졌지만 어쩔 수가 없었더라는 것이다. 요동시는 당연히 약속을 하고 모월 모일 예식장에 발걸음을 했고말고!

한데 사회자를 보고 그는 거듭 놀라고 말았다. 남자가 아닌 여자, 윤명희 색동어머니회 부산회장이 미소를 띠고 그에게 사인을 보내고 있었던 것. 당시만 해도 여자 주례는 있어도 여자 사회는 극히 드물었으니 그 또한 기록이라 하자. 그날은 사례를 톡톡히 받은 걸로 기억한다. 그때쯤엔 동구청 예식장 외엔 키높이 구두를 가방에 넣고 다녔다. 그러니 주례의 키를 두고 시비(?)의 시선을 보내는 사람은 거의 없었다.

타의 추종을 불허할 만한 예는 몇 년 동안 합동결혼식 주례를 2~3년 동안 맡았다는 사실. 집안 사정이 어려워 실제 가정을 이루고 있으면서 식만 올리지 못한 커플을 위해 구청과 관계기관에서 주최 주관하는 그 행사가 봄과 가을에 열리고 있었다. 요동시에게는 좀 버거운 느낌이 없지 않았으나 그런 대로 도합 스무 쌍이 넘는 신랑신부 앞에 사자후(?)를 토했다. 권익 청장은 항상 참석했고 허태열, 정형근 의원도 가끔은 얼굴을 내밀었다. 각계각층에서 답지한 선물이 제법 많아서 요동시는 놀라기도 했다. 사례는 구청에서 책정한 20만 원 정액. 허나 한 번도 그걸 요동시가 자기 호주머니에 넣은 적이 없다. 향방向方? 그걸 세세히 밝힐 기회가 있을는지 모르겠다.

요동시는 가끔 이런 독백을 했다.

"'눈먼 돈'이란 말이 있지. 내 사정이 남보다 나았으면 나았지 못하지는 않은 것은 이런 '눈먼 돈' 덕분이야. 늘 그래왔듯이 이렇게 번 돈은 누구에게든 비밀! 아내에게조차 말이야, 후훗."

거듭 밝히지만 그는 고스톱이며 주례 사례비로 버는 돈이 만만찮았다. 대신 그는 은행 거래를 할 줄 몰랐으니 낭패일 수밖에. 입금도 할 줄 모르고 출금 또한 마찬가지. 그래서 그는 항상 시쳇말로 현금 박치기가 생활화 되어 있었다. 기가 막히는 일을 그래서 당했으니 그 전말이 이러하다.

학교에 사고가 잦았다. 아이 하나가 죽었는가 하면, 또 다른 아이 하나는 실명 직전. 앞서의 경우는 조현병이 원인이었고, 다친 아이는 친구로부터 폭행을 당해서였다. 백이성 문화원장이 위로 차 오더니 학교 건물이 가야 시대 고분군 위에 서 있단다. 요동시는 가톨릭 신자라 미신을 믿는 건 아니로되 답답한 사람이 샘을 파기 마련, 교장실을 아래 1층으로 옮기도록 결심한다. 그 공간은 간이 창고로 쓰기로 하고.

실내 장식이며 집기 등을 바꾸고 옮기는 건 수월한데 정작 책이 문제였다. 집에서 상당한 양의 도서를 가져다가 책장 안에 꽂아 놓았기 때문이다. 부끄러운 이야기인데 동료 교장들도 그런 과시 내지 허영을 나타내기 예사였다.

이사하는 날 그는 출장을 급히 갈 일이 생겼다. 그래 행정실장에게 잘 부탁한다고 하고선 버스 정류소로 나갈 수밖에. 그런데 어쩐지 몇 시간 내내 찜찜한 느낌이 들었다. 영어도 잘 모르는 주제에 학교 돈으로 산 큰 『영한사전』과 그 속에 그동안 모아 감춰 두었던 '눈먼 돈'….

그게 머리에서 내내 떠나지 않았던 것. 출장을 마치고 귀교하여 부리나케 새 교장실로 들어가 『큰영한사전』을 펼쳤는데 아니나 다를까, 그게 송두리째 없어졌다! 어림셈으로 자그마치 600만 원에 가까운 거액이다.

하지만 그는 아무 말도 할 수 없었다. 누구에게 묻는 것은 더욱 불가했고. 땀 흘려 모은 돈이 있는가 하면(주례), 그 반대의 부정不淨한 돈(고스톱 돈)도 그에 못지않았기 때문이다. 범인은 대강 짐작이 갔다. 둘 중에 하나다. 낮에 짐을 옮기기 위해 임시로 쓴 인부.

워낙 분통이 터져 둘을 불러다 추달을 할까도 해 봤다. 윽박지르면 실토할 것 같기도 했다. 하지만 이윽고 어금니를 깨물고 마음을 고쳐먹었다. 긁어 부스럼 만들지 말자. 만천하에 그동안의 행적이 낱낱이 드러날지 모르는 일 아닌가?

아내에게도 사실을 밝히지 못했다. 그래도 그는 통장을 따로 갖지 않은 채 일흔아홉 살까지 버텨내고 있다. 영원한 괴짜!

요동시는 지금도 시쳇말로 여전히 '현금 박치기'로 여생을 꾸려 나가고 있다. 카드? 없다. 지하철 무임으로 승차하는 카드조차 예외가 아니다. 그것만은 몇 달 갖고 다녔었는데, 두어 번 분실하고 보니(몇만 원씩 입금되어 있었다) 다시 농협에 가서 신청할 생각이 없어져버렸다.

극비리에 '눈먼 돈'을 관리하고 있으니 불가사의하다 하자. 그렇다고 해서 그게 하늘에서 떨어지나 땅에서 솟나? 귀신 씻나락 까먹는 소리라 할지 모르지만 비밀은 있기 마련. 그의 전언을 슬쩍 흘려 보자. 아내와 딸이 주는 용돈을 아끼고 나머지는 떼어내 아무도 보지 않는『큰한자자전字典』안에 넣어 두고 필요할 때 꺼낸다. 아내를 속이지 않고서는 그가 눈먼 돈을 더 이상 마련하기는 불가하고말고. 그렇다고 해서 타관살이 주제에 화투를 다시 만질 수도 없는 노릇 아닌가!

어쨌든 3백만 원은 확보되어 있다. 용처가 어디냐고? 내년이 그의 팔순이다. 그는 그 잔치를 할 수 없는 사정이 있다. 핵심을 비껴서 설명을 해 달라는 요구조차 그에게 너무 잔인하다니 개략만 적어 보자.

단 눈먼 돈을 조금만 더 모은다 치자. 그리 멀지 않은 이웃에 노인 요양 시설이 하나 있다. 내년 6월 7일, 돼지 몇 마리를 잡아 거기 가족들에게 대접하고 싶다. 거기다가 그와 친한 쟈니 리와 오기택에게 부탁하여 '뜨거운 안녕', '영등포의 밤' 등을 부르게 하는 것. 사회는 방수일 코미디언이면 되겠지. 오기택은 와병 중이지만 지난해 그의 고향 해남 땅끝 마을에서 열린, 그의 이름을 딴 가요제까지 갔다 왔으니 가능하리라. 50만 원씩의 출연료가 필요하다.

약간 예산이 약간 부족하다. 그래도 요동시는 믿는 구석이 있다. 그에게는 아직 수금이 안 된 외상ㅆ上 주례 사례가 있기 때문이다. 70만 원 가량 된다. 사정에 의해 서울 근교로 올라오기 직전의 극적인 주례 사례 5만 원을 포함하여, 열네 번의 주례 사례의 합이다. 요동시 성정이 너무 무르다는 소릴 듣기 십상인 사연이다.

동구청 예식장 외의 주례는 주로 조방 앞에서 섰다. 그런데 도중에 소개비를 받는 K라는 친구가 있어 그에게 모든 걸 맡겨두면 2만 원을 뺀 5만 원을 예사롭게 외상으로 달아놓는 것이다. 한꺼번에 몇십만 원씩…. 60만 원이 그렇게 밀린 어느 날, K를 예식장에서 만나기로 했다. 여유롭게 결혼식을 집전했다. 그런데 K는 코빼기도 보이지 않았다. 끝날 무렵에 사모인 듯한 아가씨 하나가 발을 동동 구르며 기다리더니 다가와서 하는 말이다.

"주례 선생님, 이후 계획이 어떠신지요?"

"그건 왜 묻지?"

"아래 층 107호실에 주례 선생님이 못 오신다는 겁니다. 다른 선생님을 찾을 수도 없구요. 주례 선생님, 저희 사정을 좀 헤아려 주시기 바랍니다. 사례는 두 배로 드릴게요."

요동시는 부리나케 내려갔다. 과연 테이블마다 하객들이 둘러 앉아 있고, 사회가 신랑 입장을 외치기 직전이다. 요동시는 그래서 요동시다. 다른 주례 같으면 어림도 없을 일을 그는 시원하게 처리했다. 그리고 받은 사례는 20만 원! 5만 원을 손해 보고─그 뒤에 K를 못 만났다─20만 원을 받았으니, 그 순간의 선택이 어찌 잊힐리야!

K의 전화번호는 아직 있다. 011─035─7635. 법칙이 있으니 010으로 바꾸면 단번에 정답이 나온다. 하지만 이르다. 과연 연락을 할까 말까는 오롯이 요동시의 느긋한 판단에 좌우된다.

요동시가 겪은 실로 어처구니가 없는 결혼식 광경을 두어 개 전하는 것으로 마무리하자.

"사회의 횡포 내지 무지가 심합니다. 어느 결혼식 사회를 맡은 친구가 한다는 말입니다. '신랑 신부를 낙태落胎한 양가 부모님이 어쩌고저쩌고…'. 장내에서 소란이 안 일어날 수 없었지요. 그런가 하면 이런 일도 있었어요. 사상의 뷔페식당을 겸한 예식장 안. 화촉 점화가 끝나고 미묘하고도 나지막한 웅성거림을 느끼는 순간, 신랑 혼주석으로부터 터져 나오는 대갈일성! '이놈의 자슥들 장사 처음 하나? 신랑 신부 이름도 안 갈아 붙였잖아?'"

이래서 세상은 요지경이다. 참, 요동시는 칠순 잔치를 생략하고 오순절 평화의 마을에 가서, 가족(장애를 가진)들에게 돼지 몇 마리를 잡아 직접 대접했었다. 그 돼지들은 흰색, 검은 색? 글쎄다, 그걸 누가 알랴. 다만 '눈먼 돈'은 거기에도 섞여 있었다.

요동시는 며칠 전 우체국으로 가는 길에 희한한 광경을 목격했다. 코로나로 말미암아 경로당이 폐쇄되는 바람에 거기 들르지도 못했었는데, 회원 하나가 낯선 할머니들과 어울려 고스톱을 치고 있었던 것. 아예 점심도 사다 놓은채.

요동시는 본능처럼 온몸이 근질거림을 느꼈다. 마침 세 동료(?)도 동참을 권유한다. 그 바람에 거기 주저앉고 말았다. 1,000원을 내고 잔돈으로 바꾸었다. 10원짜리로.

하지만 천하의 요동시도 백전백패. 이 사자성어가 설마하니 사실이랴마는 하여튼 700원을 잃었다. 개평(?) 없다. 일어날 때 요동시는 중얼거렸다.

"원숭이가 나무에서 떨어졌네…."

0,125점 '장려상' 파장

60년대 초반, 가수 남일해는 그야말로 하늘을 찌를 듯한 인기를 누리고 있었다. '빨간 구두 아가씨'! 그가 그것 하나만으로도 비행기를 전세 내어 서울에서 부산으로 공연을 다닐 정도인 그 시절로 되돌아간다.

여기 일찍부터 기구한(?) 삶을 산 독고찬獨孤贊이 있다. 만 스무 살을 며칠 넘기자마자 교사로 임용된 것부터가 그렇다. 호적이 잘못 되어서 그렇지 실제는 그보다 더 어렸다. 하여튼 독고찬은 교사로서의 첫출발이 이래저래 암담하기만 했다.

독고천이 오늘 지하철 안에서 아주 특별한 젊은이를 만난 게 나머지 과거사를 털어 놓는 계기가 되었다. 독고찬은 하사 모자를 쓰고 있었는데 3미터쯤 떨어진 곳에 선 젊은이가 독고찬을 유심히 바라보고 있었던 거다. 한데 젊은이의 눈가에 이슬이 맺히는 게 아닌가? 독고찬은 무릎 위에 펼쳐 놓았던 악보를 덮었다. 그리고 가까이 오라는 손짓을 그에게 보냈다.

"젊은이, 아까 날 보던 때의 표정을 잊지 못하겠소. 무슨 까닭이 있소?"

"아버지가 해병대 중사이셨는데 월남전에서 돌아가셨습니다. 71년도에 할아버지처럼 하사 모자를 쓰고 다니시는 분, 처음입니다. 아버지가 뵙고 싶습니다."

"아하 그랬었구나. 어디 사는가?"

"수원입니다. 곧 내려야 합니다."

"젊은이는 무슨 일을 하오?"

"작곡을 합니다. 아직은 시원찮지만 앞으로 많이 노력해야지요."

독고찬이 명함을 건넸다. 예의가 바른 젊은이는 그걸 유심히 바라보더니,

"아, 대한가수협회 회원이시군요. 만나 봬서 영광입니다. 어쩐지…."

이상한 육감 같은 게 독고찬을 휩쌌다. 그래 자기도 거기서 내릴 테니 이야기를 나누자는 권유를 건네고 만 것이다. 그런데 젊은이는 거절은커녕 오히려 반기는 표정을 지었다. 둘은 하차하여 카페에 들어섰다. 젊은이는 커피 두 잔을 주문했고, 자리에 돌아와 명함을 내민다.

"아랫사람인 제가 먼저 명함을 올려야 하는데 죄송합니다."

하고 허리를 다시 굽혔다. 작곡가 김인홍이라고만 적혀 있었
다. 한참 그러고 있다가 김인홍이 진지한 표정으로 독고찬에 넣
는 청이다.

"교장 선생님으로 정년퇴임하셨다는 걸 명함에서 보았습니
다. 눈이 어지러울 정도로 많은 일을 하셨고 지금도 하시던데,
행여 어떻게 한평생을 사셨는지 좀 일러 주실 수 없겠습니까? 가
수 지망생들에게 희망의 메시지가 될 수 있을 것 같습니다."

그래서 독고찬이 거기서 김인홍에게 추억을 되살려가며 삶의
역정歷程을 털어 놓았으니 그걸 아래에 적은 것이다. 가감이야
있을 수 있지만 때론 자신의 치부까지 드러내었는지도 모르겠다.

진해鎭海에서의 초임교사. 그는 밤이면 밤마다 쇼를 보러 극
장에 드나들었다. 남들이 보내는 시선 따위에 괘념치도 않았다.
오직 하나, 그의 삶의 목표는 대중가요 가수였으니까. 그로선 어
찌 보면 당연한 코스요, 수업修業이었다.

'흑백 다방'에 부지런히 발품을 팔았다. 거기에 쇼 단원들이
죽치고 앉아 있어서다. 거기서 그들을 만났다. 한명숙이며 남백
송은 물론, 남일해 등 당대를 풍미하던 스타들 곁에서 차를 마셨
다. 진해의 조무래기 어깨들과 함께였다. 남일해는 물론, 코미
디언 백금녀 내연남이라는 소문의 밴드마스터 ○○서(색소포니스
트) 등과도 가까이 자리했다. 이런 독고찬의 행동은 부모의 애간
장을 태웠다. 형님의 대갈일성,

"인마 가문에 없는 짓을 해? 남백송 집이 바로 이웃에 있어. 아 참, 그 동생이 네 친구라며? 내 제자이기도 해. 가수는 딴따라 야. 그렇게 철딱서니가 없어?"

온 식구가 울고불고 야단이 났었다. 독고찬은 형님한테서 뺨 따귀까지 맞았다. 그러나 개과천선은 사전에만 있는 말이었다. 그는 계속 그렇게 진해 거리를 방황하고 흑백다방을 기웃거렸으니까.

그의 복장 이야기를 해 보자. 당시는 5·16 직후라 교사들은 '재건복再建服'을 입고 다녔다. 지금 김정일의 인민복을 연상하면 된다. 다들 거기에 익숙해져 있었다. 처음 두어 달 동안은 그도 예외일 수가 없었고말고.

그렇게까지만 하고 적응했다 치자. 그는 평범한 교육자가 됐을지 모른다. 한데 어느 날 해군 카키복을 수선修繕 집에서 고쳐서 ─ 뒤집어 간단하게 개량하는 거다 ─ 걸치고 출퇴근했으렸다? 그런 그를 누가 촉망되는 새내기 교사라 치켜세워 주겠는가! 오히려 욕을 바가지로 얻어먹기 십상이었다.

그러다 보니 이런 수모도 당하기 일쑤였다. 백차가 지나가다 급히 멎고는 헌병(지금의 군사경찰) 두서넛이 뛰어내린다. 그들은 두말 하지 않고 이 '불량 청년'을 붙잡고 연행해 가는 것이다. 헌병대 마당에 비슷한 친구들이 어김없이 몇몇 쪼그려 앉아 있었다.

헌병은 사정없이 입에 '십원짜리'를 물고 구시렁거렸다. 십원

짜리? '씨* 놈들' 뭐, 그런 욕지거리를 가리키는 말이다. 이윽고 헌병은 먹물과 붓을 가지고 나와 '염색'이라는 글자를 어마어마하게 크게 쓰곤 손을 털었다. 때로는 쪼그려 뛰기를 시켰고말고. 그들의 욕지거리다. 이 씨* 놈들아, 군인을 어떻게 봐?

돌아 나오면 어차피 학구 내 거리를 걸어야 할 판, 지금 생각하면 얼굴이 화끈거린다. 예서 양념 삼아 하나 덧붙이자. 그때 입안에서 맴돌던 고사성어 하나가 있었다. 아니 끝내 뱉어내고 말았지만. 시벌노마施罰勞馬!

읽어보라. '씨*놈아'나 '시벌노마', 들으면 그게 그거다. 베풀(줄) 施 , 벌 罰, 수고로울 勞(노), 말 마馬 등 넉 자로 이뤄진 고사 성어다. 하지만 무식한 헌병이 그걸 듣고선 얼굴이 붉으락푸르락하여 발길질을 하기도 했다. 태권도 고단자인 독고찬은 잽싸게 그걸 피하고 한마디,

"야, 아저씨, 공부 좀 하소. 일하는 말에게 계속 몽둥이로 내리친다는 얘기야, '시벌노마'가 말이오. '주마가편走馬加鞭'이 있잖소? 달리는 말에다 채찍질! 내가 말따라 지금 한창 뭔가를 위해 일하는 참이오. 가수가 꿈이오."

머리 하나는 좋아서 사범학교 동기 120명 수재 중, 5위로 졸업한 독고찬은 한문 실력으로 그 창피를 이렇게 상쇄시키기도 한 거다. 호랑이 담배 피던 그 시절이 가끔씩 그리운 것은 웬 까닭일까?

또 하나. 사범학교 3학년 때 기율부장으로 있었던 탓으로 주

먹 하나는 둘째가라면 서러웠을 정도여서, 중소도시中小都市 진해의 소위 '가다'들과 뭔가 통했다. 마침 하숙집 주인 아들이 그런 세계의 물을 먹고 있은 터라 같이 거리를 쏘다녔고.

형님이란 말을 그때부터 많이 썼고 또 들었다. 지금도 그 버릇은 남아 있다. 오기택, 남백송, 남일해, 독고성 등은 그때에 그가 모시던 '형님'이다. 지금도 둘(오기택과 남일해)에게는 깍듯이 그 호칭을 쓴다.

남일해 형님을 그가 한 번 구해(?) 준 적이 있다. 일요일 낮 중앙극장에서 공연을 마치고 다음 행선지로 떠나려는데 구름처럼 모여든 팬들이 팔을 붙잡고 안 놓아 준다. 연호連呼를 하면서 말이다. 마침내 상의 소매가 떨어져 나가기 직전에까지 이르렀다. 실밥이 우두둑 터지고. 독고찬과 하숙집 주인 아들이 사이에 들어서서야 남일해가 겨우 군중 틈에서 빠져 나간 것이다. 남일해의 말.

"흑백 다방에 나오는 친구 같군. 이름이 뭐라더라?"

"독고찬입니다, 형님! 기억해 주셔서 감사합니다."

'형님'이란 언어 습관은 그렇게 고착되어 나갔다. 가요계엔 그의 형님이 수두룩하다. 그 '형님'이 고쳐질 리가 없고말고. 해서 말이다. 대한가수협회에 가서 제법 나이 차이가 나는 젊은 가수를 만났다 치자. 그는 별 망설임 없이 하대下待를 한다. 그리고 진지한 표정을 짓고 부르짖는다. 거꾸로 자기를 형님이라 부르라고 말이다. 그 메카니즘(?)은 국경도 초월한다. 방글라데시에서 우리나라에 들어와 귀화한 저 유명한 방대한(음성군 홍보대사)이 극적인 예다. 대한민국의 독고찬과 이국異國 출신인 방대한이 '형제'가 되었으니 가요계의 전설이라 하자.

참, 앞서 들먹인 대로 뒤죽+박죽이다, 서술敍述 순서가 말이다. 신경 안 쓰고 이어 나가자. 그는 초임 교사 시절에서부터 50년 뒤에 정식 가수가 되었다. 남백송이 추천하고 남진이 힘써 주었다. 가요계에서 그는 '南 下士'란 예명도 쓴다. '남'은 남일해와 남백송 형님의 것.

가수 남 하사! 한국에 두 개의 가수협회가 있지만, 그 중에 정통인 대한가수협회 정회원 914호인 것이다. 수많은 가수들의 꿈이 'KBS 가요무대'인데 여태 거기 서진 못했다. 아니 안중眼中에 없다는 게 맞다. 남 하사는 그보다 훨씬 크고 높은 데서 한껏 실력을 자랑한 적이 몇 번 있으니까.

먼저 사직 구장에서 애국가 독창과 시구始球! 일찍이 그 둘을 시늉이라도 해 본 가수? 단언컨대 없다. 그게 그리 어렵냐고? 물론이다. 조용필도 애국가 독창을 하다 실패했음은 가수들에게 쉬쉬하는 비밀(?)이다. 인순이 정도만 가능하다는 게 공통된 견해다. '시구'는 뒷날 얘기하자.

게다가 또 하나의 아주 특별하고 은혜로운 곳, 국립 현충원. 거기서 남 하사는 수시로 노랠 부른다. KBS 스튜디오와 어찌 견주랴. 바야흐로 남 하사는 진화에 진화를 계속할 꿈에 부풀어 있다.

중언부언하건대 그 압권은 버스킹이다. 이미 그의 집 옆 네거리에서 버스킹을 색소폰 연주와 함께 몇 번 한 적이 있다. '토셀리의 세레나데' 등을 듣고서 말이다. 1인2역! 기상천외의 시도試圖는 배짱이 없으면 불가하다. 최고음은 색소폰으로 높은 '파', 최저음은 '도'. 그 음역 안에서의 모든 음은 노래로, '파'를 벗어난 음은 색소폰으로 연주하는 것이다.

여생餘生을 따질 게 아니다. 내일 죽은들 어떠랴. 백 살의 삶을 영위하면 또 어떻고. 까짓 세월을 조건으로 삼지 말자. 하니 뭘 머뭇거릴 것이며 움츠리겠는가? 종로구 인사동에서 여남은 곡으로 지나가는 외국인들의 발을 묶는 거다! 단 트로트는 가능하면 제외다. 박정현이 이탈리아에서 여는 버스킹(Busking)을 시청한 사람이라면 남 하사의 고집을 이해하리라. 그래서 택한 게 열대여섯 곡. ●O Sole mio/ ●Torna a Sorrent/ ●Carry Me Back to Old Virgi/ ●Old Black Joe/ ●Beautiful Dreamer/●Oh Danny Boy/ ●Solveig's Lied(솔베이지의 노래)/ ●사랑의 찬가(프랑스 샹송)/●Santa Lucia/● Caro mio ben/ ●비목(碑木)/ ●망향(채동선)/ ●향수(정지용 시)/ ●전선야곡(가요)/ ●꿈에 본 내 고향(북한군 묘지에서 부를 곡임을 설명)/ 민요 몇 곡 등등이다.

이게 한계다. 더 이상 욕심 내지 않겠다는 결심이다. 발음(발성)은 이탈리아어가 문제지만, 고등학교 교과서에 안내되어 있어서 해결이 가능하다. 이웃 악기점 대표가 그 나라에서 조율학을 공부했기 때문에 그의 도움을 받으면 금상첨화이고. 프랑스어는 인터넷이나 스마트폰 동영상에 매달려야 한다.

에서 잠깐! 근래 있었던 사건 하나. 봉천동에 있는 TKBN-TV에서 부산 노래를 열창했더니, 어느 불교 종단의 종정宗正 보덕 스님 왈, 독고찬 아니 남 하사에게 올해의 최고 가수상을 주겠다는 게 아닌가? 독고찬은 단박에 거절했다. 까마득한 옛날 같으면 이게 웬 떡이냐 싶어 덜컥 받았었겠지.

하지만 독고찬은 그 정도에 미혹되지 않을 정도로 이미 성장해 있었던 거다. 정말 의미 있는 상(혹은 감사장 포함)을 받고 싶은 것이다. 그러니 종정 스님이 주는 상을 마다했다는 게 얼마나 대단한 자존심의 발로인가? 종정 스님은 아마도 독고찬이 손사래를 치는 걸 마뜩찮게 생각했으리라. 그때 독고찬 그가 한 말이다.

"큰스님, 전 인터넷 신문 기자입니다. 제가 수상자? 김영란 법에 저촉됩니다. 일찍이 마포 FM에서 주는 30만 원어치 기능성 화장품도 거절했습니다."

이래서 세상은 요지경이란 말이 회자되는 건지 모르겠다. 그는 그 뒤로 가끔 고소苦笑를 날린다. 네까짓 게 뭐 최영 장군이라도 된다고 30만 원을 돌 같이 보았단 말이야?

1962년도 이야기에서 시작하여 2018년도까지 건너뛰었으니 50여 년의 공백이 생긴다. 70년 시절로 되돌아가자. 화두는 역시 노래와 상賞이다.

자, 70년 12월 중순, 한 '소녀少女'가 소읍의 변두리 초등학교에 부임했다. 스무 살, 고등학교 졸업 후 검정고시에 합격한 새내기 교사. 무척이나 예쁘고 참한 그 교사에게 스물아홉의 독고찬이 노래 하나로 접근하여 3년 뒤 면두리를 쓰우는 데 성공한다. 결혼 전후 각각 3년 동안 한 학교에 근무한 기록은 아직도 밀양에서는 깨어지지 않았다더라.

자 여기서 조금씩 밝히자. 그가 어느 해 5월 8일 어버이날 학구 내 모든 할머니들을 초청해 경로잔치를 벌였는데, 네 시간 넘게 흘러간 옛 노래며 민요를 불렀으렷다? 거의 혼자서…. ♪**아침에 우는 새는 배가 고파 울고요/ 저녁에 우는 새는…(제주도 민요 '너영나영 타령')/ 신고산이 우르르 함흥차 가는 소리에. 구고산…♬(함경도 민요 '신고산 타령')**

그렇게 서른 곡이 넘는 우리 가락 보따리를 풀어서 흩뿌린 것이다. 물론 그 여음餘音 위에다 '오동추야'며 '찔레꽃' 등도 덧씌웠다. 바야흐로 야단이 났다. 춤 잔치로 말이다. 종내에는 독고찬 자신을 포함한 모두로 하여금, 수백 수천 마리의 흰 나비가 운동장에 내려 앉아 날개를 펄럭이는 착각에 빠지게 했다. 지나친 표현이 아니라 엄청난 반향이 고을을 휩쓸었다. 그러자 며칠 뒤 삼랑진읍 임천출장소장이 감사장을 주는 게 아닌가.(읍장 명의다).

덕분에 그는 동네 회갑 잔치에 불려가 '남자 기생' 노릇을 예사롭게 했다. 나아가 밀양의 유명한 유원지遊園地인 산외면 긴늪 솔밭에 야유회를 가면, 오히려 다른 데서 온 아주머니들 팀에 납치(?)되기 다반사였다. 장구를 메고 두어 시간 '남자 기생' 신세를 면치 못했으니, 팔자 한 번 기구했다 하자. 무료? 그건 그의 아내에게도 비밀이다, 지금껏.

그런저런 사연이 어처구니없게도 그가 평생 상을 탐하게 되는 동기動機가 된다. 아니 한갓 7급 공무원이 건네준 종이 한 장이 발화점이었다는 게 정확한 표현이겠다. 상은 그로부터 그와는 떼려야 뗄 수 없는 분신이 되고 말았다. '상 바라기!' 한동안 그런 별명도 들었다. 포복절도할 그 예 하나다.

밀양시 과학경진대회가 있었다, 부부가 베니어판 하나에 사진 몇 장을 붙이고 설명을 곁들였는데 그야말로 황당한 발상을 떠올린 결과다. 마침 학교 실습지에 구기자枸杞子를 많이 심어 놓았던 터, 구기자 잎 즙을 좁쌀알에 묻혀 먹이면 십자매의 우는 소리가 맑아진다? 산란율도 좋고…. 들도 보도 못한 이 실험 결과에 교육청에서 감탄, 장려상을 주는 게 아닌가! 따지고 보면 공문서 위조 및 동 행사인 것을.

어쨌든 숨 고를 겨를도 없이 그는 복음福音을 전해 듣는다. 경남도 각 시군 교육청마다 초등학교 및 중학교 교원(교감, 장학사 포함)들을 대상으로 예능경진대회가 열리게 된 것이다. 그가 눈

독을 들이게 된 게 국악 성악과 한글 서예였다. 도합 네 번 그는 거기 출전을 감행한다. 각기 두 번 최우수상을 받았다. 그러니 도道 대회까지 나가야 할밖에. 거기서 입상하면 연구 실적 가산점을 준다는 데에야 좀이 쑤셔서 견딜 수가 없었던 것이다.

하지만 한 번도 거기서 입상하지 못하고 분루憤淚를 삼킨다. 그중에서 인간문화재를 잠시 사사하면서까지 소란을 피웠지만, 15명 중 10위에도 못 든 전말을 소개하자. 그 무렵 창원 북면 온천에 김향정 인간문화재가 살았다. 그는 판소리에 통달하였으니 민요에 조예가 없을 리 없다.

독고찬은 김향정 인간문화재의 옷깃을 붙잡고 호소했다. 일주일만 가르쳐 달라고. 김향정 인간문화재는 황북칠 전 국회의원(민의원)과 온천 근처에 방을 얻고 내연의 삶을 살고 있었다. 독고찬은 학교 조퇴를 하고 수시로 그 집을 드나들었다. 때론 황북칠 의원과 온천 욕조에 몸을 담그고, 딱 한 곡 민요 '태평가'를 흥얼거리기도 했다.

대회 장소는 마산시 어느 초등학교 강당이었다. 순번에 따라 그는 무대에 올라섰다. 우황청심원을 한 병 마시고 나서다. 김향정 인간문화재가 장구채를 잡고 무대 중앙에 앉아 뚜당땅! 신호(예비 반주)를 보내었다. 한복에 머리띠를 두르고 청사초롱까지 든 독고찬은 객석을 향해 허리를 굽히고 입을 열었다. 아니 우렁찬 목소리로 포문을 열었다. ♬청사초롱에 밝혀라 잊었던 낭군이 다시 돌아왔다/ 공수래공수거(空手來空手去) 하니 아니 놀지

를 못하리라 ♪

다음은 당연히 '니나노 닐리리야…'가 이어져 나오고 이내 '니나노 얼싸 좋다'에서 절정을 이루어야 하는데 도무지 그 소리를 낼 수 없는 것이다. 첫 음을 너무 높게 잡아 천하 명창이라도 그걸 넘보지 못하는 불가침의 영역! 거기선 하다못해 가성假聲이라도 내는 게 정석이다.

한데 독고찬은 자기 고집을 꺾지 못하고 돼지 멱따는 소릴 그대로 토해 내 버렸으니…. 순간 터지는 폭소! 독고찬은 식은땀을 흘리고 하단할밖에. 위로의 이야기겠지만 독고찬은 그래도 11위에 올랐다더라. 10위까지가 입상. 0.125라는 연구실적은 '태평가' 첫음 탓에 그렇게 날아가 버렸다.

하지만 먼 훗날 이 점수가 이만저만 크지 않은 전화위복의 계기가 되었다. 그런 모든 걸 통틀어 '섭리'라 하는 이유다.

두서너 해 뒤 독고찬은 양산시 일광초등학교로 자리를 옮기게 된다. 거기서 그는, 또 하나의 기가 막힌 노래 관련 경력을 쌓는다. 양산시 교원예능경진대회 가곡(성악) 부문에 도전장을 낸 거다. 듣는 이 모두의 배꼽을 잡게 하고도 남을…. 전말을 있는 그대로 쏟아 놓자.

아무리 홍보를 해도 '가곡' 독창이라니, 지레 겁을 먹은 교사들이 출전을 꺼렸다. 마감 결과 동아제2중학교 여교사(성악 전공)와, 부산사범학교 13회와 15회 출신 남교사(초등) 둘밖에 나서지 않았다. 심사 결과 중등 여교사 최우수, 우수 없는 장려 둘. 독고찬은 소수점 이하까지 같은 장려.

그 여교사가 도 대회에서 당당 2등 입상하여 0.250의 연구 실적 점수를 획득했다. 만약 나머지 중 하나에게 우량상을 줘서 독고찬이 대회에 같이 나갔더라면? 그가 몇십 분의 1 확률로 0.125점을 획득했을지도 모른다. 그래도 그 연습과정에서 테너 엄정행의 아버지에게 20분이지만, 노래 지도도 받은 건 수확이지만. 그분은 말했다. 노랠 입 안에 머금고 있지 마시오!

하나 양산 시절은 그리 오래 가지 못했다. 부산에서 고등학교를 졸업한 사람을 부산시 교육청에서 전입시켜 준다는 시책이 현실로 다가왔으니까. 부산사범학교 출신인 독고찬은 부산에서의 교직 생활을 은근히 기대하고 있던 참이었다. 그 기회를 패스트트랙처럼 여긴 그는 놓치지 않았다. 그는 그렇게 부산 교사가 된다. 사범학교 교문을 나선 지 꼭 20년 만이었다. 부산에서의 그의 무대는 독보獨步 자체, 노래와 그는 한 몸이었다.

88년도에 독고찬은 부산에서 두 번째 수필집 출판기념회를 열고 있었다. 구포 예식장에서. 거기서 역사에 길이 남을 세 장르의 최고 대가들이 모여 공연을 펼치게 주선했다. 김향정 인간문화재, 김용봉(부산시조창의 큰스승), 범진스님(범패 기능보유자) 등이 주인공.

물론 독고찬도 이런저런 노래를 불렀다. 백다섯 살 한기화 학생 등 노인들이 나비처럼 춤추는 보면서 독고찬은 옛날 70년대

초의 어버이날 행사를 기억에 떠올렸다. 비가 몹시 내리는 날이
었는데 마치고 나니, 그 우중에 김향정 인간문화재를 창원까지
모셔다 드릴 길이 막막한 게 아닌가.

학부모 한 사람을 붙잡고 사정을 얘기했더니 마지못해 청을
들어 주었다. 그런데 그 후문을 듣고 간이 뜨끔했다. 남편이 심
한 의처증을 앓고 있다는 게 아닌가! 그 정도라면 집안에 태풍이
지나갔을 거라며 모두들 걱정해 주었다. 그래도 신나는 일이 하
나 있었다. 천하의 인간문화재와 그가 차 안에서 말이다. '청춘
가'를 비롯 여러 가지 민요를 소리 높여 제창했으니.

남녀의 키가 다르지만 프로인 그들 둘이 아닌가? 음정이 묘한
조화를 이룬 걸 지금도 기억한다. ♪ **청춘 홍안을 니 자랑 말아
라/ 덧없는 세월에 백발이 되누나….♫**

이제 일부러 연월일 따위는 섞바꾸어야 묘미가 있으리라. 다
시 한 번 부르짖지만 '뒤죽박죽' 외엔 어울리는 부사副詞가 없다.
한데 그가 83년 부산 시내 전입 2개월 뒤, 노인들의 어떤 모임에
발을 들여 놓았던 게 하나의 숙명이 된다. 강산이 두 번 변할 세
월 동안 거기에서 발을 빼지 못했으니까.

그는 부산 교육계에 머무른 24년 동안에 총 서른 번 언론에
얼굴을 내민다. KBS와 MBC, PSB(나중 KNN) 등 TV 방송에 아
홉 번, 라디오 두 번, 나머지는 신문 및 잡지다. 주제는 전부 노
인과 노래니 어찌 그의 외곬수를 예사롭게 치부하랴. 내친김인

데 비중을 따지면 KBS‒TV의 '아침 마당'과 MBC‒TV의 '이웃과 이웃들', KNN의 '부부가요쇼'들을 꼽을 수 있으리라.

라디오는 원종배 아나운서와 김상국 가수 등과 생방송으로 대담한 거다. 신문 보도 비중이 기울 것 같지만 그렇지 않다. 〈경향신문〉의 특집 기사로 말미암아 초등학교 교육과정에 '시조창 감상'이 들어갔으니까!

짬을 내서 왕종근 아나운서와의 KBS‒TV 대담 중 몇 마디만 따서 옮기자. '이야기 두 마당'이다. 92년 12월 2일. 노인학생들이 버스 두 대에 분승해 와서 방청석을 채웠다. 왕종근 아나운서의 첫마디.

"독고찬 씨는 현재 직업이 뭡니까?"

"대저초등학교, 금수현 선생의 모교 교감입니다."

왕종근 아나운서가 다시 '씨' 어쩌고저쩌고 했으렸다? 방청석에서 노인학생들이 웅성거린 것이다. 왜 다짜고짜 '씨'라는 호칭이냐는 것이다. 자기는 '아나운서님'이란 깍듯한 존댓말을 들으면서 자기들의 스승에게 씨가 뭐냐는, 말하자면 불경하다는 거다. 왕종근 아나운서도 눈치를 챈 모양이었다. 단박에 말투가 달라졌다.

"죄송합니다, 학장님. 제자 분들이 학장님을 끔찍이 생각하시는군요."

"그렇게 평가해 주시니 감사합니다. 저는 그분들을 꼭 '학생'이라 부릅니다. 사실 저기 모이신 분들 중 상당수는 다 초등학교도 졸업하지 못하신 분이지요. 그런데 사각 모자와 가운을 착용하고, 〈부산일보〉 대강당에서 졸업식도 거행한 주인공이시거든요. 그러니 학생, 아니 대학생이지요. 졸업식을 해도 그뿐, 다시 이듬해 학교에 나오니까. 〈부산일보〉에 신세를 두 번이나 졌습니다. 공군 5전투비행단에서 버스를 내 주어 학생들을 실어 날랐지요."

"대단하시군요. 9년차라, 처음 시작하시게 된 동기를 밝혀주시지요."

"20년간 경남 지방에 근무하다가 부산에 전입해 보니 저 자신이 대도시에 적응을 못하는 겁니다. 많이 방황했습니다. 노래방이라는 데에도 안 가 봤고, 부산엔 다른 친구가 별로 없었지요. 문단에 데뷔한 지도 몇 년이지만 그쪽과도 교유交遊 없이 지내던 터였고…."

"그랬었군요."

"그러기를 몇 달 뒤 어느 노인학교에 제 발로 걸어가 민요 강사를 자청하게 되었습니다. 대환영이었지요. 비로소 제 마음대로 노래를 부를 수 있고 가르칠 수 있는 대상과 공간이 생겼지요. 거기 잠깐 몸을 담았고, 학교를 옮기고 나서 제가 직접 노인학교를 설립하고 문을 열었습니다. 공간은 초등학교 교실, 대상은 주소지에 제약받지 않고 노인이면 오케이입니다."

"멀리서도 옵니까?"

"그럼요. 하동 악양岳陽에서 오는 학생도 있지요. 열한 남매를 하나도 잃지 않고 키운 분. 딸이 부산에 사니까 다니러 오는 겸 해서….”

“회비는 얼마씩입니까?”

“안 받습니다. 노인들이 무슨 돈이 있습니까? 술과 안주를 팔고 춤을 가르치는 노인학교도 있는 현실에서 이건 중요한 메시지입니다.”

“교육과정敎育課程, 다시 말해 무엇을 가르치는지 알고 싶습니다.”

“저희 노인학교는 다른 노인학교와는 아주 다릅니다. 민요를 주로 가르치고 있지요. 제가 민요를 서른 대여섯 곡을 알고 있습니다. 83년도에 그것들을 붓으로 직접 써서 민요집 발간도 했습니다. 『에루화 좋다』라는….”

그러자 왕종근 아나운서가 독고찬에게 민요 한곡을 부르도록 주문하는 게 아닌가? 장구가 바로 옆에 있었다. 장구! 부산에서 둘째라면 서러워할 구익태(남) 학생 — 실제는 김해 불암동 거주 — 서둘러 달려 나왔다. 뚜당땅 땅땅! 독고찬이 부른 건 그 옛날 경남도 경진대회에서 단단히 우세를 안겼던 ‘태평가’가 아니었나. 첫 음을 정확히 잡은 그는 거침없이 3절까지 이어나갔다. 마침내 그는 흥에 겨워 자리에서 일어나 춤까지 추고 만다. ♪꽃을 찾는 벌 나비는/ 향기를 좇아 날아들고/ 황금 같은 꾀꼬리는… ♩

일이 그 지경에 다다르자 마침내 방청석의 노인학생들이 일제히 약속이나 한 듯이 독고찬과 행동을 같이 하는 게 아닌가? 생방송이라서 막을 도리도 없는 가운데, 몇 가지 더 질문과 응답이 계속되었다. 처음엔 대중가요는 철저히 배제했다는 독고찬의 토로에 왕종근 아나운서가 그 까닭을 물었다. 독고찬 일행의 거침없는 '반응'이었다. 노인대학도 학교니까!

마침내 이런 일도 있었다나? 초등학교에다 노인들이 즐거워할 뭔가를 좀 보여 달라고 요청을 했던 적이 있었다. 부산 교대 출신 여교사들이 네 명이 모처럼 짬을 내어 교실로 들어섰다. 큰절을 한 뒤 노래 한 곡을 선사한다. ♬**사랑해 당신을 정말로 사랑해/ 당신이 내 곁을 떠나간 뒤에** ♭ ♪

여기서 여교사들은 코를 싸매야 했다. 노인학생이 이구동성으로 터뜨린 말! 우리 선생님이 학교에선 대중가요를 못 부르게 한다 아닙니껴?

그 뒤로도 독고찬의 방송출연은 그치지 않았다. 신문, 잡지에서도 다투어 그를 취재했다. 그러나 생략하자. 다만 이 기막힌 사연은 놓칠 수가 없다. PSB(현 KNN) 부산방송에서 출연 의뢰가 왔다. 방송국 창설기념프로그램에 '부부 가요쇼'가 있으니 좀 출연해 달라는 간곡한 부탁이었다. 결사반대하는 아내를 다독여 둘이서 마침내 허심청 임시 스튜디오로 나갔다.

사회는 이택림. 하지만 첫 작품 치고는 뭔가 시원찮았던 모양이다. 거기에는 네 팀 중 꼴찌를 한 독고찬 내외의 불만도 영향을 끼쳤다는 소문도 들렸다. 독고찬이 구성 작가에게 한 항의다. 궤변 수준일까?

"교감을 뭘로 봐? 젊은 커플들이 '잘못된 만남' 따위를 불렀잖아? 우리 '아 목동아' 부분 2중창을 평가하지 못하는 패널 다섯, 형편없는 놈들!"

해서 말인데 결국 1,800만 원 송두리째 날려 보내고 다시 허심청에서 네 팀이 실력을 겨뤘다. 도중 어떤 노인학생이 독고찬 내외가 신혼여행도 못 갔다던데 일등 주어서 동남아 다녀오도록 해달라며 압력을 행사하는 바람에, 스튜디오가 폭소의 도가니로 변해버렸다.

하지만 독고찬 내외는 2등을 차지했다. 그런데 교감이 설치는 꼴을 못 보는 노아무개 교장이 독고찬에게 호통을 친 것이다.

"학교를 벗어나 맨날 방송 출연하다니…. 교감 노릇이나 제대로 하시오."

이를 받은 독고찬은 교장의 멱살부터 잡았다. 그리고 벽력같은 고함!

"이 새끼, 교장 권위만 세우려 들어? 당신 마누라가 사범학교 동기야. 사사건건 트집만 잡다니. 우리 동기회에서 당신 평이 어떤 줄 알아?"

워낙 서슬이 퍼렇다 보니 교장이 꼬리를 내렸다. 교장은 미안하다는 표정을 억지로 짓더니 손짓으로 독고찬에게 그냥 돌아가라는 시늉만 보냈던 것이다. 그 뒤로도 독고찬은 노아무개에게 미안하다는 생각을 하지 않는다.

참 독고찬 내외가 입에 올렸던 곡은 역시 '아 목동아'였다. Oh Danny Boy, 지금도 붙들고 있는…. 이윽고 그는 교장으로 승진하고 PSB문화대상을 받는다. 상금 1천만 원! 그 거액은 그의 수중에 없다. 환원했다, 분명코.

세월 흐른 뒤 낯선 땅에서 그는 국방 TV '우리는 전우'와 맞닥뜨린 거다. 사전 협의가 되었지만 국방 TV 피디며 카메라맨, 구성 작가들이 우르르 집으로 몰려들었을 땐 천하의 독고찬도 적이 당황할 수밖에 없었다. 한나절 거기서 녹화를 해야 한다는 것이다. 피디가 독고찬의 선반을 보고 하는 말이다.

"교장 선생님이셨지요? 저희도 모시기 힘든 분이시라 영광입니다."

"웬걸요. 시원찮았습니다, 현직에 있을 때에…."

"와, 상패며 상장, 감사장이 엄청나군요. 이런 경우 처음입니다. 노래 관련된 것도 어마어마하고. 문학상도…. 노인학교 관련 자료는 또 뭡니까?"

"한마디로 표현해서 노래와 함께 살아왔습니다. 지금도 그렇구요. 따지고 보면 노래 때문에 출세했지요. 그 사연들을 실천 사례로 쓴게 연구 실적으로 쌓여 교감 교장으로 승진한 겁니다."

"이번 방송도 거기에 초점을 맞추도록 노력해 보겠습니다."

그래서 집에서는 물론 모부대母部隊 군악대에 가서도 녹화를 했다. 그들 모두의 의기투합 총화總和가 그 프로그램에 녹아들었다 치자. 유튜브에 2만 회 조회를 한 그 녹화물의 저변에 '가수'와 '초등학교장', '노인대학장', '군 안보강사', '문인'으로서의 체취가 깔려 있다.

하나 아직은 아니다. 버스킹을 열 때에 가서야 어디에 진정한 심혼을 투입했는지 가늠되겠지. 가수 쪽으로 기울어질까 지레짐작은 한다만.

지난 개천절 단군 성전에서 만난, 종로구 국회의원 정세균에게 언질을 주었는데 그가 총리가 된다니 걱정이다. 한갓 기우杞憂로 끝났으면 한다.

여기까지 들은 김인홍은 혀를 내둘렀다. 피날레를 장식하는 말로 독고찬은 이걸 택했다.

"네 번이나 시 교원예능경진 대회에서 입상했었지. 만약 도 대회에서 장려상이라도 받았다면? 0.125란 연구 실적을 얻어 경남 지방에서 일찌감치 교감 승진했을 거요. 교감은 전입이 원천 불가했어. 그때의 낙방이 나를 부산으로 보내줬고, 부산에서 내 인생의 황금기를 누렸어. 아니 아직 진화 중이야."

5월 8일 어버이날이 며칠 전이었다. 사무치게 그리운 그 옛날 그 학교. 12,000여 명의 어린이들이 이제 25명 안팎이다.

그 시절 제자 이성태와 장완국이 내일모레 찾아 온단다. 코로
나 때문에 만류하다가 그시절이 그리워 만나기로 했다. 같이 늙
어가니, 그가 육성지도를 하면서 가르쳤던 '아름다운 노래'라도
실컷 불렀으면.

작가의 말

'노무현'을 뒤로 미루며

세 번째 소설집『연적의 딸 살아 있다』출간 이후 2년 반 만에 나는 다시 졸저(소설집)를 한 권 더 묶겠다는 결심을 했다. 해서 컴퓨터 앞에 앉아 날밤을 새웠다 해도 과언이 아니었다. 한데 원고들이 어디 꼭꼭 숨었는지 찾기가 힘들어 고생깨나 할 수밖에.

『연적의 딸 살아 있다』이후 여기저기 쑤셔왔던 작품이 열대여섯 편 되는데(홈페이지나 카페에 실은 것 포함) 그 대부분이 사라졌으니, 그 답답함을 어찌 표현하랴. '제주도 서귀포 성당, 삼랑진 오순절 평화 마을, 용인 삼가동 성당, 부산문인협회, 수필부산문학회, 한국전쟁문학회, 동백성요셉성당, 한국소설가협회' 들을 샅샅이 뒤져 건져낸 게 겨우 네 편이었다.

근래 활자화되었던「0.125 장려상 파장」(문학과 비평),「전설의 개(犬) 사돈」, 「등단 그 잔인한 함수」(경기 PEN) 등은 메일에 그대로 실려 있어서 나는 쾌재를 불렀다. 그리고 컴퓨터 안에 그대로 저장되어 있던 탈고 전의 작품이 있었으니, 「노무현과 금사향의 묘소」였다. 다시 몇 날 며칠 그걸 매듭짓는다고 매달렸다.

나는 다시 컴퓨터 자판을 열심히 두드려 「코로나에 엮인 내 죽음 우리 영혼」이란 유작遺作일지 모르는 단편의 '끝'자를 쓰고 손을 털었다. 그러니 아홉 편, 나는 도화 출판사에 연락을 하고 원고 전량을 보냈다.

우세하는 셈 치고 고백하자.

76년에 등단(수필)하여 여태 22권의 졸저를 냈었다. 어느 면으로 보나 무리였다. 문재가 있나 돈이 남보다 많나? 자괴지심에 짓눌려 살면서도 책 출간이라면 기를 썼으니, 참 알다가도 모를 일이다.

세속인世俗人이자 한갓 장삼이사인 내가 손가락질을 받을 만한 그 긴 여정의 낙수落穗 한둘. 한 권에 350만 원이라면 8,000만 원 가까이를 이 분신들에게 나눠줬다는 계산이다. 그런데 나는 그동안 소위 문예창작지원금 따위(?)를 받지 못했다. 한 번도. 대신 유머 수필집 『대통령의 오줌 누기』 『개가 들어도 웃을 일』은 기획출판을 할 수 있었다. 내가 한 푼도 부담하지 않고 출판사에서 내어 주었다는 얘기다. '산성미디어'와 '語文閣'….

그래 7,000만 원은 나 자신의 부담으로 고스란히 돌아왔다. 파산(?)에 이르지 않는 게 수수께끼라 한들 틀린 표현은 아니다. 지난 45년 동안 내가 출판기념회를 연 것만도 열 번은 되었으리라. 그 축하금으로 출판비를 메우고도 남았다(?) 그 역학 관계는 보통 수학으로써는 설명이 안 된다. 아래 적는 게 하나의 시사점은 되리라.

늙는 줄도 모르고 촌로 주제에 부지런히 지하철을 타고 이리저리 쫓아다니다가 새로 손에 쥔 것이 색소폰이었다. 아니 '새로'란 부사는 좀 아리송하다. 전립샘 암 수술을 받기 전에 일제 YAMAHA 알토 색소폰을 조금 배웠는데, 완치되기 전의 후유증으로 그만 두었다가 다시 연습을 시작한 것이다. 아내가 말했다.

"당신 색소폰이 그렇게 좋아요?"

"그럼, 이거 없으면 죽어."

"아예, 안고 자지 그래요."

"그럴까?"

아내의 그 농담이 빌미가 되었고 결과는 일제 야나키사와 한 대를 사 주겠다는 약속으로 이어졌다. 1천 6백만 원을 마련해 줄 테니 그걸로 구입하라는 게 아닌가? 나는 길길이 뛰었다. 대신 아내는 나더러 체중을 8킬로그램 뺄 것, 허리둘레를 90센티미터로 줄일 것 등의 단서를 달았다. 나는 그와 손가락을 걸었다.

228

그런데 일본과의 사이가 극도로 악화일로를 걷는 참이라 제정신이라면 야나기사와는 엄두를 낼 수 없었다. 맨날 일본식 표현이며 일본말 찌꺼기가 어떻다고 하면서 내가 그걸 입에 문다면? 상상하기조차 싫었다. 일본 출신 질부姪婦는 내 편을 들어주었다.

　그래서 프랑스제 셀마로 대신하고 나머지는 책 두 권을 내는 것으로 합의가 된 것이다. 셀마는 600여만 원이다. 1600－650=950! 950만 원이란 공짜 돈이 그래서 생긴 것이다.

　이래저래 소비를 좀 하고 나니 800만 원이 남더라. 그래 이걸 투입하여 소설집 두 권의 꿈을 이루기로 했다. 한 권은 1월 1일, 고고의 소릴 냈으니 『거기 나그네 방황하는 곳』이다. 그리고 이번에 〈코로나에 엮인 내 죽음 우리 영혼〉 운운하며 넋두리에 거품을 물고 있는 거다.

　본래는 〈노무현과 나(혹은 노무현 이야기)〉라는 제목으로 장편長篇을 한 권 세상에 선보이고 싶었고, 그렇게 준비를 해왔다. 그런데 코로나가 세상을 덮친 것이다.

　이 세상 어느 누구보다도 노무현과의 인연이 깊은(생전과 사후) 내가 그 장편소설로 23번째 분신을 순산하고 싶었다. 한데 그의 모교 진영대창초등학교와 맞은편 진영노인대학에서의 취재가 부족한 상태라 더 이상 무리를 할 수 없어 일단 〈노무현…〉

은 뒤로 미루기로 한다. 원고는 거의 다 써 뒀는데, 그 행간行間에 노무현의 숨결이 좀 더 깊이 스며들게 해야 하는 것이다.

진영노인대학에 3년 동안 수업(강의)을 하러 다녔다. 매주 수요일 오후에. 그럴 때마다 그의 모교 진영대창초등학교에 들어가서 상념에 젖곤 했다. 그의 애창곡 '허공'을 제창했다. 노인학생들과! 언젠가는 노무현의 모교 교장실로 들어가는데, 얼른 보아 '반공 소년 이승복'상이 객을 맞는 게 아닌가? 알고 보니 그게 아니었다. 효자 상이었던 것이다. 그 학교를 노무현과 권양숙이 졸업했으니 그건 기록이다. 어디 그뿐인가? 손명순도 거기 출신이다. 어느 누가 말했다.

"노무현 대통령이 기념으로 심은 나무가 죽는 바람에….

그 외에 세상에 알려지지 않는 얘기를 좀 더 파고들어 꾸며야 한다. 또 돈 봉투가 하늘에서 뚝 떨어질지 누가 아나.

PSB(현KNN) 문학대상 상금도 중력重力의 영향으로 내게로 낙하하였었다. 비록 환원시키긴 했지만…

아홉 편의 소재가 남과는 조금 다르다고 자부한다.

개(犬), 아무도 흉내 낼 수 없는 국경을 넘나드는 반 체험담.

국립 현충원과 호국원, 공원묘지 등에서 영혼과 나누는 대화엔 항상 이 얼굴을 적신다. 그러나 아직 주인공은 노무현 묘소엔 안 가 봤다. 다른 국가 원수 묘지도 마찬가지.

노래. 노래가 없으면 나 자신이나 나를 닮은 다른 주인공은 삶의 의미가 없다. 특히 묘지에서 부르는 나의 노래는 처연하기까지 하다.

상! 나의 고집은 이렇다. 상을 주는 사람이 크나큰 결함을 가졌다면, 5000만 원 상금을 덧붙인 상이라도 안 받는다!

물론 이번에도 행여 독자가 있다면 이러리라.

"이거 뭐 자기 이야기 아냐?"

문학이 가치 있는 체험의 기록이라면, 나는 철저하게 그 정의에서 벗어나지 못하고 있다. 졸저를 높이 쌓아 놓은들 무엇하나? 수필은 수필로 읽혀야 하고, 소설은 소설로 읽혀야 하거늘….

그러다 코로나가 나를 내 유택(그 장방형의 공간)으로 몰아넣은 것이었다. 죽는가 싶어 공포심에 싸이다가도 한없이 편안하다는 느낌에 빠뜨린 게 코로나였다. 그 이야기를 압축한 것이 표제작이다.

그래도 고집은 있었으니 사족으로 옮기자.

외래어를 피하려고 혼신의 힘을 쏟았다.

문장은 서른다섯 자 안팎으로 꾸몄다.

일본식 표현과 일본말 찌꺼기를 멀리하였다.(특히 '그녀'는 뿌리째 뽑았다.) '그녀'를 고집하다니 그가 친일이다! 이희호의 말을 거듭거듭 해것한 뒤 내린 결론이다. 『성경』에 보라. 어디 '그녀'가 있는지.

문장의 끝을 '다'로 하는 악습을 비껴가려 애썼다.

이상한 월점을 안 썼다. ?!(이런 월점은 없다), !!(느낌표를 두 개 이상 쓰는 건 오류다.)

지나치게 많은 !은 피했다. 한 페이지에 !을 두서너 개? 그게 영탄詠歎에 취하는 자기모순이다.(『성경』을 참고로 함)

한 편의 원고량은 80~100장으로 했다.

오늘로부터 한 달반 안에 상황은 끝난다. 나는 교정 내지 퇴고에 남은 한방울의 땀을 마저 쏟을 것이다.

졸고를 맡아 준 도화 출판사 박지연 대표에게 감사한다. 표사로 격려를 해 준 김현탁 교수에게 깊이 고개를 숙인다.

이봉하 디모테오 수사修士 내게 아주 특별한 교우다. 그가 그린 표지화는 이승과 저승에 '건너 뜀'이 없다는걸 일러준다.

이 5월을 고비로 코로나가 수그러들지 모르겠다. 그러나 진영 노인대학의 개학은 까마득한 훗날일지 모른다. 내 21년 동안의 노인학교와는 인연이 끊어졌으니, 진영 노인대학에 가서 '노무현'을 만나야 하는데…. 바야흐로 나는 코로나에 엮었다.

2020.5.25
이원우